KB213881

어린 왕자

어린왕자

2003년 3월 5일 1판 1쇄 인쇄
2011년 7월 5일 1판 15쇄 발행

펴낸곳 | 동해출판
펴낸이 | 하중해
지은이 | 생텍쥐페리
옮긴이 | 김경찬
마케팅 | 홍의식
편 집 | 박성자
디자인 | 하명호
주 소 | 경기도 고양시 일산동구 장항1동 621-32호 (410-380)
전화 | (031)906-3426
팩스 | (031)906-3427
e-Mail | dhbooks96@hanmail.net
출판등록 제302-2006-48호
ISBN 89-7080-106-5 (03860)
값 8,000원

어린 왕자

생텍쥐페리 글
김경찬 옮김

동해출판

나는 어린 왕자가 철새들을 따라 별을 떠나왔으리라 생각한다

레옹 베르트에게

이 책을 어른에게 바친 데 대해 어린이들에게 용서를 구한다. 내게는 그럴 만한 세 가지의 이유가 있다. 첫 번째, 그는 이 세상에서 나와 가장 친한 친구이다. 두 번째, 그는 모든 것, 어린이를 위한 책들까지도 모두 이해하기 때문이다. 세 번째, 그는 프랑스에서 살고 있는데 그곳에서 굶주림과 추위에 떨고 있기 때문이다. 그는 위로받아야 할 처지에 있는 것이다. 이러한 이유들로도 부족하다면 어린 시절의 그에게 이 책을 바치기로 하겠다. 어른들도 누구나 다 처음엔 어린아이였다(그러나 그것을 기억하는 어른은 그다지 많지 않은 것 같다). 따라서 내 헌사를 이렇게 고쳐 쓰고자 한다.

어린 소년이었을 때의 레옹 베르트에게

여섯 살 때 나는 '자연에서 겪은 경험담' 이라는 제목의, 정글에 관한 책에서 굉장한 그림 하나를 본 적이 있다. 그것은 맹수를 집어 삼키고 있는 보아 뱀의 그림이었다. 위의 그림이 바로 그것을 그대로 옮겨 그린 것이다.

그 책에는 이렇게 쓰여 있었다. "보아 뱀은 먹이를 씹지 않고 통째로 집어삼킨다. 그리고는 단 한 번도 움직이지 않고 반년 동안 잠만 자면서 먹이를 소화시킨다."

나는 이 책을 보고 정글 속에서의 모험에 대해 한참 생각한 뒤 색연필을 가지고 내 나름대로 그림을 그려 보았는데, 다음의 그림이 바로 내 생애 첫번째 작품인 제1호 그림이다.

나는 이 걸작품을 어른들에게 보여 주면서 내 그림이 무섭지 않느냐고 물어 보았다.

　그러자 어른들은 한결같이 "모자가 뭐가 무섭다는 거니?" 라고 되묻곤 하였다.

　내 그림은 모자를 그린 게 아니다. 그것은 코끼리를 소화시키고 있는 보아 뱀이다. 그런데 어른들은 상상력이 부족한가보다. 그래서 나는 어른들이 알아볼 수 있도록 보아 뱀의 속을 그려야만 했다. 이처럼, 어른들에게는 언제나 설명을 해줘야 한다. 나의 두번째 작품인 제2호 그림은 다음과 같다.

　어른들은 내게 보아 뱀의 겉이나 속에 대한 그림들은 집어치우고 차라리 지리, 역사, 수학, 문법 등의 공부에 관심을 가져 보라고 충고를 하였다. 그래서 나는 여섯 살 때 화가라는 멋진 직업을 포기해 버렸다. 내 그림 제1호와 제2호의 실패에 실망을 하였던 것이다. 어른들은 스스로 아무 것도 이해하지 못하는데 그 때마다 설명을 해줘야 하니 아이들에겐 귀찮은 일이 아닐 수 없다.

다른 직업을 선택하지 않을 수 없게 된 나는 비행기 조종하는 법을 배웠다. 그리고는 세계 여기저기 거의 안 가본 데 없이 날아다녔다. 지리는 내게 정말로 많은 도움을 주었다. 한번 슬쩍 보고도 중국과 미국의 애리조나를 구별할 수 있게 된 것이다. 특히 밤에 길을 잃었을 때 아주 유익한 것이었다.

이렇게 살아오는 동안 나는 수없이 많은, 점잖은 사람들을 만났다. 가까이에서 그들을 볼 수 있었다. 그렇다고 해서 그들에 대한 내 생각은 조금도 달라지지 않았다.

조금이라도 똑똑해 보이는 사람을 만날 때면 나는 늘 간직해 오고 있던 나의 그림 제1호를 가지고 그 사람을 시험해 보곤 했다. 그 사람이 정말로 뭘 이해할 줄 아는 사람인가 알고 싶었던 것이다. 그러나 사람들은 당연하다는 듯 "모자가 왜?" 하는 것이었다. 그러면 나는 보아 뱀이나, 정글, 별들에 대해 그들에게 얘기하지 않고, 다만 그들이 이해할 수 있는 이야기들만 했다. 즉, 카드나 골프, 정치, 옷 등 그때 그때 유행하는 것들에 대한 이야기를 말이다. 그러면 사람들은 매우 착실하고 똑똑한 청년을 알게 되었다고 몹시 기뻐했다.

2

그래서 6년 전 사하라 사막에서 비행기가 고장을 일으
킬 때까지 나는 마음을 털어놓고 진정한 이야기를 할 수
있는 상대도 없이 살아왔다. 그런데 비행 도중 내 비행기
의 엔진이 고장이 난 것이다. 정비공도 없고 승객도 없었
으므로 나는 혼자서 어려운 비행기 수리를 해야만 했다.

나에게 그것은 죽느냐 사느냐 하는 문제와 같았다. 사람이
한 명도 없는 사막 한가운데서 먹을 식량이라고는 일주일
동안 마실 물이 전부였던 것이다.

첫날밤 사람이 사는 곳에서 천 마일이나 떨어진 사막에
서 잠을 자려고 하니 그것은 마치 대양 한가운데 떠 있
는 뗏목 위에 혼자 있는 것처럼 외로웠다. 그러니 해가 뜰
무렵, 이상한 목소리가 나를 깨웠을 때 내가 얼마나 놀랐을
지 여러분은 누구나 상상할 수 있을 것이다. 그 목소리가
말했다.

"부탁인데요, 양 한 마리만 그려 주세요."

여기 있는 최고의 초상화는 나중에야 그릴 수 있었다

"뭐라구?"

"양 한 마리만 그려달라구요!"

나는 깜짝 놀라 벌떡 일어났다. 간신히 눈을 뜨고 조심
스럽게 사방을 살펴보았다. 그랬더니 진짜 이상하게 생긴
조그만 사내아이가 나를 심각한 얼굴로 바라보고 있었다.
여가 있는 그림은 내가 나중에 그린 그림 중에서 가장 잘
그려진 소년의 초상화이다. 물론 나의 그림은 소년의 진짜
모습을 잘 나타내지는 못했다. 그러나 그것은 내 잘못이
아니다. 여섯 살 때 어른들이 화가로 성공할 수 없다고 나
를 실망시켰기 때문에 나는 보아 뱀 이외의 그림은 아무것
도 그려보지 않았던 것이다.

아무튼 나는 소년의 깜짝 출현에 너무 놀라서 멍하니
소년을 바라보기만 하였다. 여러분도 한번 생각해 보기 바
란다

내가 있는 곳은 사람이 사는 곳에서 천 마일이나 떨어
진 곳이니 얼마나 놀랐을지 말이다. 더구나 그 소년은 길
을 잃은 것 같지도 않아 보였고, 배가 고파보인다거나 피곤
해 보이지도 않았으며, 무서워하는 것 같지도 않았다. 아무
도 살지 않는 사막 한가운데서 길을 잃은 어린아이의 모습
이라고는 한 구석도 발견할 수 없었던 것이다. 한참 뒤, 겨
우 정신을 차린 나는 소년에게 말을 걸었다.

"넌 누구니? 여기서 무엇을 하고 있어?"

그러자 소년은 아주 중요한 이야기를 하는 듯이 아주 천천히 되풀이해서 말을 했다.

"부탁인데요, 양 한 마리만 그려 주세요."

누구라도 이상하고 신비로운 일을 당하게 되면 엉겁결에 그 부탁을 거절하지 못하게 되나 보다. 사람이 사는 곳에서 천 마일이나 떨어진, 언제 죽음이 다가올지 모르는 위험한 상황에서 참 엉뚱한 짓이라고 느끼기는 했지만 나는 주머니에서 종이 한 장과 만년필을 꺼냈다. 그 때 나는 내가 배운 것이라고는 지리, 역사, 수학, 문법뿐이라는 생각이 나서 그 어린 소년에게 조금은 시무룩한 표정으로 나는 그림을 잘 그릴 줄 모른다고 말했다. 그러나 그 소년은 이렇게 대답했다.

"괜찮아요. 양 한 마리만 그려 주세요."

나는 양을 그려 본 적이 한 번도 없었다. 그래서 내가 그릴 수 있는 단 두 가지 그림 중의 하나를 그려 주었다. 나의 그림 제1호인 속이 보이지 않는 보아 뱀의 그림 말이다. 그러자 소년은, "아니, 아니에요. 보아 뱀 속의 코끼리는 싫어요. 보아 뱀은 너무 위험해요. 게다가 코끼리도 너무 커요. 내가 사는 곳은 아주 작아요. 그리고 나는 양이 필요해요. 양 한마리만 그려 주세요."라고 말하는 것이었다. 그 말을 듣고 깜짝 놀란 나는 양을 그렸다. 그것을 주의깊게 바라보던 소년이 말했다.

　　"안 돼요! 이 양은 병이 들었어요. 다른 걸로 그려 주세요."

　　그래서 나는 다시 양 그림을 그렸다.

　　소년은 빙긋이 미소를 지었다.

　　"이것 좀 보세요. 이건 양이 아니라 염소예요. 뿔이 있잖아요……"

　　그래서 나는 또다시 양 그림을 그렸다.

　　하지만 그 그림도 다른 그림들과 마찬가지로 거절을 당했다.

　　"이 양은 너무 늙었어요. 난 오래 살 수 있는 양을 원해요."

　　나는 비행기를 빨리 고쳐야 했으므로 더 이상 참지 못하고 아무렇게나 그림을 그린 뒤 소년에게 던져 주었다. 그리고 설명을 덧붙였다.

　　"이건 상자야. 네가 원하는 양은 그 안에 있어."

그러자 소년이 활짝 웃으며 말했다.

"그래요, 바로 이거예요. 그런데 이 양에게 풀을 많이 주어야 하나요?"

"그건 왜 물어?"

"내가 사는 곳은 아주 작거든요."

"걱정하지 마. 내가 네게 준 건 아주 작은 양이니까."

소년은 고개를 숙여 그림을 들여다보았다.

"그렇게 작지도 않은데요. 어머! 잠들었네……"

이렇게 해서 나는 어린 왕자를 알게 되었다.

3

어린 왕자가 어디서 왔는지를 아는 데는 꽤 오랜 시간이 걸렸다. 왜냐하면 어린 왕자는 내게 수많은 것을 물어보면서도 정작 내 질문에는 아무런 대답도 하지 않았기 때문이다. 결국 나는 어린 왕자가 무심코 내뱉는 말들을 통해서만 조금씩 알 수 있었다.

예를 들면, 내 비행기를 처음 보았을 때(내 비행기는 그리지 않겠다. 그것은 나에게는 너무도 복잡한 그림이니까) 그는 나에게 이렇게 물었다.

"이 물건은 뭐예요?"

"그건 물건이 아니야. 하늘을 날 수 있는 비행기야. 내 거란다."

나는 자랑스러운 기분으로 내가 하늘을 날아다녔다는 것을 알려 주었다. 그러자, 어린 왕자가 소리쳤다.

"그럼! 아저씨가 하늘에서 떨어졌다구요?"

"그래." 나는 점잖게 말했다.

"와! 그것 참 이상하네……"

이렇게 말을 하면서 어린 왕자가 까르르 웃었으므로 나는 기분이 몹시 나빠졌다. 내 불행을 함께 걱정하고 진지하게 생각하길 원했기 때문이다.

작은 별 B-612호에서의 어린 왕자

"그럼 아저씨도 하늘에서 온 거예요? 어느 별에서 왔는데요?"

어린 왕자의 말을 듣는 순간 나는 어린 왕자의 신비로 가득 쌓인 그 정체에 대해 한 줄기 빛을 잡는 듯 하였다. 그래서 나는 순간적으로 질문을 했다.

"그럼 넌 다른 별에서 왔니?"

하지만 어린 왕자는 아무런 대답도 하지 않고 신중한 태도로 내 비행기를 바라보더니 고개만 끄덕거리는 것이었다.

"그래, 저걸 타고서는 멀리서 오지 못했을 거야……"

혼잣말을 중얼거리며 무엇인가를 생각하던, 어린 왕자는 내가 그려준 양 그림이 마치 보물인 듯 조심스럽게 주머니에서 꺼내 열심히 들여다보았다.

어린 왕자가 '다른 별에서 왔을것' 이라는, 생각에 내가 얼마나 호기심으로 가슴이 두근두근 했는지 여러분은 모를 것이다. 그래서 나는 이 문제를 꼭 풀어야겠다고 생각했다.

"얘, 너는 어디서 왔니? '네가 사는 곳' 이란 어디야? 양을 데리고 가려는 곳이 어디니?"

어린 왕자는 여전히 내가 묻는 말에는 대답을 하지 않고, 잠시 생각에 잠기더니 이윽고 말을 했다.

"정말 다행이에요. 밤이 되면 양은 이 상자를 집으로 사용할 수 있겠죠?"

"그럼, 그렇고말고. 네가 원한다면 낮에 양을 묶어 놓을 수 있는 끈과 말뚝도 그려줄게."

내 말을 들은 어린 왕자는 깜짝 놀랐는데, 마치 충격을 받은 것 같았다.

"양을 묶어 놓아요? 왜 그래야 하는데요?"

"양을 묶어 놓지 않으면 아무 데나 가서 길을 잃어버릴 지도 모르잖니."

어린 왕자는 깔깔깔 소리내어 웃기 시작했다.

"양이 어디로 가는 데요?"

"어디든지 곧장 앞으로 갈 수 있지 않을까?"

그러자 어린 왕자는 진지한 눈빛으로 말했다.

"괜찮아요. 내가 사는 곳은 아주 작으니까요."

그리고는 조금 슬픈 듯한 표정으로 덧붙였다.

"앞으로 곧장 가봐야 멀리 갈 수도 없는 걸요."

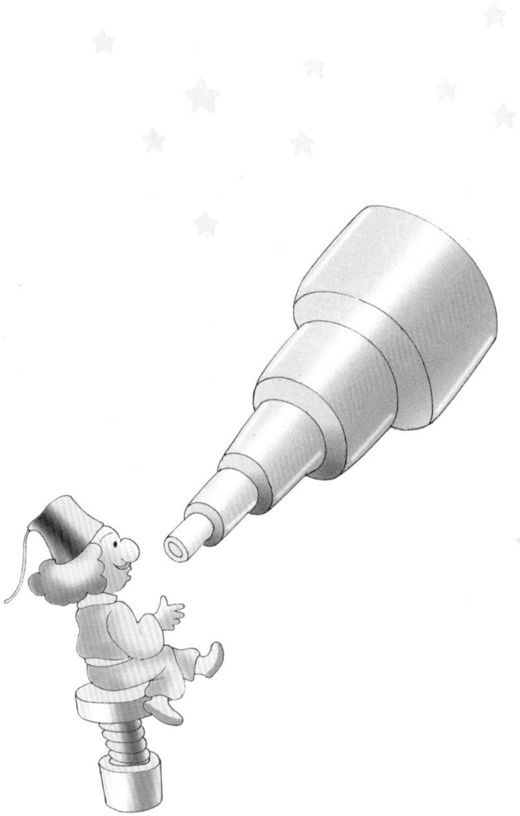

4

그로인해 나는 중요한 두번째 사실을 알게 되었다. 어린 왕자가 사는 별은 집 한 채 정도 크기의 작은 별이라는 것을 말이다. 그러나 나는 그다지 크게 놀라지 않았다. 지구, 목성, 화성, 금성같이 사람들이 이름을 붙여놓은 커다란 별 이외에도 셀 수 없을 정도로 많은 별들이 있는데 어떤 것은 너무 작아서 망원경으로도 보기 힘들 정도라는 것을 이미 알고 있었던 것이다. 천문학자들은 그런 별을 발견하면 이름 대신 번호를 붙여 준다. '작은 별 3251호' 라는 식으로 말이다.

나는 어린 왕자가 살던 별이 '작은 별 B-612호' 라고 믿는데, 그렇게 생각하는 이유가 있다. 1909년, 이 별은 딱 한 번 터키의 천문학자에 의해 발견되었다.

그 당시 그 천문학자는 '국제 천문학회' 에서 자신이 발견한 별에 대해 훌륭하게 증명하였다. 하지만 그는 터키의 민속의상을 입고 있었기 때문에 아무도 그의 말을 믿으려 하지 않았다. 어른들이란 대부분 이런 식이다.

이 소식을 들은 터키의 독재자는 국민들에게 서양식 옷을 입도록 법을 바꾸었는데, 만약 옷을 바꾸어 입지 않는다면 사형에 처하겠다는 아주 강제적인 것이었다. 1920년 그 천문학자는 아주 멋있는 옷을 입고 그 작은 별에 대해 다시 증명을 해 보였다. 그러자 모두들 그의 말을 믿었다.

내가 '작은 별 B-612호'에 관해 이렇게 자세히 이야기하고 그 번호까지 쓰는 것은 어른들의 행동 때문이다. 어른들은 숫자를 좋아한다. 새로 사귄 친구 이야기를 하면 그들은 중요한 것은 물어 보지 않는다. 즉, 이런 것들을 말이다.

"그 애 목소리는 어때? 어떤 놀이를 잘 해? 나비 채집도 하니?"

어른들은 오직, "그 앤 몇 살이니? 형제는 몇인데? 몸무게는? 아버지는 부자니?" 하는 것들만 묻는다. 그리고는 그 아이가 어떤 아이인지 다 아는 것처럼 생각한다.

만약 어른들에게 "창가에는 예쁜 화분이 있고 지붕에는 비둘기가 있는 붉은 벽돌집을 보았어요."라고 말을 하면 어른들은 그 집에 별다른 관심을 보이지 않는다. 그러나 "2만 달러짜리 집을 보았어요."라고 말을 하면 그제서야 그들은 "야, 굉장한 집이겠구나!" 하고 감탄의 말을 한다.

그래서, "어린 왕자는 귀여웠고, 웃었으며, 양 한 마리를 갖고 싶어했어. 그것이 그가 이 세상에 있었던 증거야."라거나, "어떤 사람이 양을 갖고 싶어한다면, 그건 그가 이 세상에 있다는 증거야."라고 말을 하면 어른들은 어깨를 으쓱하고는 여러분을 어린애 취급할 것이다. 그러나 "어린 왕자는 '작은 별B-612호'에서 왔어."라고 말을 하면 어른들은 잘 알았다는 듯이 더 이상 질문을 하지 않을 것이다.

어른들은 다 그렇다. 하지만 그들을 나쁘게 생각해서는 안 된다. 어린아이들은 항상 어른들을 공손하게 대해야 하는 것이다.

나는 어린 왕자 이야기를 옛날 이야기처럼 시작하고 싶었다. 이런 식으로 말이다.

"옛날 옛적에 어린 왕자가 있었다. 어린 왕자는 자신보다 좀 클까말까한 별에서 살고 있었는데, 그는 친구가 없었기 때문에 양 한 마리를 가지고 싶었다……"

이렇게 말해도 인생을 이해하는 사람들은 내 이야기에

동참할 것이다.

하지만 내가 어린 왕자 이야기를 이런 식으로 하지 않는 것은, 사람들이 이 책을 아무렇게나 읽는 것을 원치 않기 때문이다. 어린 왕자를 생각하면 나는 지금도 슬퍼진다. 내 친구가 그의 양과 함께 떠나가 버린지도 벌써 6년이 되었다. 지금 어린 왕자에 대해 쓰려고 하는 이유는 그를 잊지 않기 위해서이다. 친구를 잊는다는 것은 슬픈 일이니까 말이다. 누구나 친구를 갖는 것은 아니다. 내가 만약 그 친구를 잊는다면 나 또한 숫자에만 관심 있는 어른이 될지도 모른다.

그래서 나는 그림 물감과 연필을 샀다. 여섯 살 때 보아뱀의 겉과 속을 그린 것 이외에는 아무것도 그려 본 일이 없는 내가 이 나이에 다시 그림을 그린다는 것은 정말 힘든 일이다. 가능한 한 어린 왕자의 실물에 가까운 초상화를 그려 보려고 노력은 하겠지만 반드시 잘 그릴 자신은 없다. 어떤 그림은 괜찮은 것 같은데 또 어떤 그림은 전혀 닮지를 않았다. 그림마다 어린 왕자의 키도 다 다르다. 어떤 곳에서는 너무 키가 크고, 다른 곳에서는 키가 너무 작다. 그의 옷 색깔 역시 자신이 없다. 하지만 최선을 다해 그리려고 한다.

그러다 보면 중요한 것을 놓칠 수도 있고, 실수도 할 것이다. 만약 그렇다 하더라도 이해해 주기 바란다. 어린 왕자는 내게 아무런 설명도 해 준 적이 없었던 것이다. 아마내가 자신과 비슷하다고 생각했나 보다. 하지만 불행히도나는 상자 속에 있는 양을 어떻게 봐야 하는지도 모른다.어쩌면 나도 어른들과 조금은 비슷한가 보다. 점점 나이를먹어 가니까 말이다.

5

시간이 흘러감에 따라 나는 어린 왕자의 별과, 그가 왜 여행을 떠나야 했는지, 여행 중 무슨 일이 있었는지 알게 되었다. 물론 어린 왕자가 깊은 생각에 빠져 무심코 하는 말들을 통해서 말이다.

사흘째 되는 날, 나는 바오밥 나무의 비극을 알게 되었다. 이 사실을 알게 된 것도 양 덕분이었다. 무언가 고민을 하던 어린 왕자가 갑자기 이렇게 물었던 것이다.

"양이 작은 나무를 먹는다는 게 사실이에요?"

"그래, 정말이야."

"와! 좋아라!"

나는 양이 작은 나무를 먹는다는 게 왜 그렇게 중요한 것인지 이해할 수가 없었다. 하지만 어린 왕자가 다시 물었다.

"그렇다면 양이 바오밥 나무도 먹을 수 있어요?"

나는 어린 왕자에게 바오밥 나무는 작은 나무가 아니라

궁궐만큼이나 큰 나무이고, 한 무리의 코끼리 떼를 데려간
다 하더라도 바오밥 나무 한 그루를 다 먹어치우지 못할
것이라고 알려 주었다.

　어린 왕자는 코끼리 떼라는 말을 듣더니 깔깔 웃으며,
"코끼리들을 포개 놓으면 되겠네요." 하더니 다음과 같
은 재치있고 총명한 말을 했다.

　"바오밥 나무도 처음에는 작은
나무였잖아요."

　"그렇지! 그런데 왜 양이 바오밥
나무를 먹었으면 하는 건데?"

　"아니, 그것도 몰라요!" 어린 왕자는
당연하다는 듯 말대꾸를 하더니 입을 다물어 버렸다.

　결국 나는 스스로 그 수수께끼를 푸느라고 한동안 머리
를 짜내야만 했다. 사실 그 이유는 다음과 같다.

　어린 왕자가 사는 별에도 다른 모든 별들과 마찬가지로
좋은 풀과 나쁜 풀이 있었다. 그런데 그 풀들의 씨앗은 눈
에 보이지 않는다. 씨앗들은 땅 속 깊은 곳에 잠들어 있다
가 그 중 하나가 눈을 뜨고 싶은 기분이 되면 조금씩 자라
다가 마치 기지개를 켜듯 햇빛을 향해 조그마한 싹을 쑥
내미는 것이다. 그것이 무나 장미의 싹이면 그냥 두어도
된다. 하지만 나쁜 식물의 싹이면 눈에 보이는 대로 뽑아

나쁜 식물의 싹은 보이는 대로 뽑아버려야 해

버려야 한다.

어린 왕자의 별에는 무서운 씨앗들이 있었다. 바로 바오밥 나무의 씨앗이었다. 그 별의 땅 속은 바오밥 나무 씨앗투성이였다. 바오밥 나무는 아주 빨리 자라기 때문에 게으름을 피우면 영원히 없어지 못한다. 바오밥 나무가 자라게 되면 그 뿌리가 별 전체에 퍼지면서 별에 구멍을 뚫어 마침내는 그 별을 산산조각 내버리고 마는 것이다.

훗날 어린 왕자가 다음과 같은 말을 했다.

"그건 규칙에 관한 문제예요. 아침에 몸단장을 하고 나면 그 다음에는 정성들여 별을 단장시켜요. 바오밥 나무는 처음에는 장미와 같은 모양이지만 조금 더 자라면 쉽게 구별할 수 있게 되는데, 그때부터 규칙적으로 뽑아 줘야만 해요. 그것은 귀찮긴 하지만 매우 쉬운 일이에요."

그러던 어느 날 어린 왕자가 지구에 사는 어린아이들을 위해 그림을 그리도록 재촉을 하였다.

"그 아이들이 언젠가 여행을 한다면, 그것이 도움이 될 거예요. 할 일을 뒤로 미루는 것이 때로는 아무렇지도 않을 수 있지만, 바오밥 나무의 경우에는 그랬다가는 틀림없이 큰일이 생기고 말아요. 어느 별에 게으름뱅이가 살고 있었는데, 그는 작은 싹 세 개를 무심코 내버려 두었어요……"

그래서 나는 어린 왕자가 설명해 준 대로 바오밥 나무

바오밥 나무들

에 뒤덮인 게으름뱅이의 별을 그렸다. 나는 도덕군자와 같은 투로 말하기는 정말 싫다. 하지만 바오밥 나무의 위험은 거의 알려져 있지 않기 때문에, 누군가 작은 별에서 길을 잃게 된다면 이런 커다란 위험에 빠지게 될지도 모른다. 그래서 나는 처음으로 도덕군자와 같은 말투로 여러분에게 외치고자 한다.

"어린이 여러분! 바오밥 나무를 조심하세요."

나와 내 친구들은 오랫동안 바오밥 나무를 모르고 살아왔다. 당연히 바오밥 나무의 위험도 모르고 말이다. 그래서 난 바오밥 나무를 그리기로 했다. 여러분들에게 그 위험을 알릴 수만 있다면 아무리 힘들더라도 난 아무렇지도 않다.

여러분은, "왜 이 책에는 바오밥나무의 그림처럼 멋지고 인상적인 그림이 없나요?" 하고 물어볼 것이다. 그 대답은 매우 간단하다. 다른 그림들도 그렇게 그려 보려 했지만 뜻대로 되지 않았던 것이다. 바오밥 나무를 그릴 때에는 여러분들에게 알려야 한다는 절실한 마음이 있었기 때문에 평소의 실력보다 더 나은 실력을 발휘한 것이 확실하다.

6

오, 어린 왕자! 난 조금씩 조금씩 당신의 외롭고 쓸쓸한 생활에 대해 알게 되었다오……. 당신이 누릴 수 있는 즐거움이란 단지 석양을 바라보는 것 뿐이란 것도 말이오. 나흘째 되는 날 아침, 당신이 다음의 말을 했을 때 그 사실을 알게 되었다오.

"나는 석양이 참 좋아요. 우리 지금 보러 가요."

"기다려야 되는데……"

"무엇을요?"

"해가 질 때까지 기다려야지."

이 말을 들은 어린 왕자는 처음에는 깜짝 놀란 표정을 지었지만 금방 웃음을 터트리며 말을 했다.

"난 항상 내가 내 별에 있다고 생각하나 봐요!"

사실 그럴 수도 있을 것이다. 누구나 알고 있듯이 미국에서 낮 12시가 되면 프랑스에서는 해가 진다. 만약, 1분 안에 미국에서 프랑스로 갈 수만 있다면 석양을 볼 수 있

을 것이다. 그러나 불행하게도 프랑스는 너무 멀리 떨어진 곳에 있다. 하지만 조그마한 어린 왕자의 별이라면 당신이 앉아 있는 의자를 조금만 움직이면 언제라도 석양을 볼 수 있을텐데.

"하루 동안 석양을 44번이나 본 적도 있어요!"

그리고 잠시 후 다시 말하기를,

"아저씨도 알아요? 사람들은 기분이 우울할 때 석양을 자주 본다는 것을……"

"44번이나 석양을 본 날, 많이 우울했니?"

역시 어린 왕자는 아무런 대답도 하지 않았다.

7

닷새째 되던 날, 역시 양 때문에 어린 왕자의 비밀을 한 가지 더 알게 되었다. 어린 왕자는 오랫동안 혼자 어떤 문제에 대해 곰곰히 생각하고 있었던 것처럼 불쑥 이렇게 말을 했다.

"양이 작은 나무를 먹을 수 있다면 꽃도 먹겠죠?"

"그럼, 양은 아무거나 닥치는 대로 먹지."

"가시가 있는 꽃도 말이에요?"

"물론, 가시가 있는 꽃도 먹지."

"그럼 가시는 있으나마나겠네요?"

사실 나는 그것을 알지 못한다. 하지만 그때 나는 비행기 엔진에 붙어 있는 나사를 풀기 위해 아무런 생각도 할수 없었다. 아무리 해도 나사는 풀어지지 않았고, 먹을 물까지 떨어져 가는 중이었기 때문에 무척 불안했던 것이다.

"가시는 무슨 쓸모가 있어요?"

어린 왕자는 한번 질문을 하면 대답을 들을 때까지 가

만두지 않았다. 나사 때문에 정신이 없었던 나는 되는대로 아무렇게나 대답해 버렸다.

"가시는 아무런 쓸모가 없어. 꽃들이 괜히 심술 부리는 거야."

"진짜요?"

한동안 조용히 있던 어린 왕자는 원망스러운 눈빛으로 나를 노려보며 톡 쏘아붙였다.

"믿을 수 없어요! 꽃들은 연약하고 순진해요. 그들은 평화롭게 살기를 원하지만, 자신을 보호하기 위해 가시가 있는 거예요. 가시가 무서운 무기가 되어 모든 위험으로부터 자신을 지켜준다고 믿는 건데……"

나는 듣는둥 마는둥 하며 속으로는, '이 나사가 풀어지지 않으면 망치로 부서 버려야' 하는 생각을 하고 있었다. 다시 어린 왕자가 내 생각을 방해했다.

"아저씨는 정말로 꽃들이 그러리라고 생각하세요?"

"아니, 아니야! 그렇게 생각하지 않아! 너도 알겠지만 난 지금 중요한 일에 정신이 없어서 아무렇게나 대답한 거야."

어린 왕자는 깜짝 놀라며 나를 바라보았다.

"중요한 일이라고요?"

그 때 나는 어린 왕자가 보기에 이상한 물건 위에 엎드

린 채, 손가락은 시커멓게 기름투성이가 된데다가 손에는
망치를 들고 있었다. 이런 나의 모습을 가만히 바라보던
어린 왕자가 말을 하였다.

"아저씨도 어른같은 말을 하네요?"

그 말에 나는 부끄러워졌다. 그러나 어린 왕자는 인정
사정없이 말을 계속했다.

"아저씨는 모든 걸 착각하고 있는 거예요. 모든 게 뒤죽
박죽이라구요!"

어린 왕자는 정말로 화가 나 있었다.

"어떤 별에 붉은 얼굴을 한 신사가 살고 있었어요. 그는
단 한번도 꽃향기를 맡아 본 적도 없고, 별을 바라본 적도
없었으며, 누구도 사랑해 본 일도 없이, 오로지 덧셈만 하
면서 살았어요. 그러면서 하루종일 아저씨처럼 '나는 중요
한 일을 하는 사람이야. 중요한 일을 하는 사람이라구' 라
는 말만 했어요. 게다가 그 말이 무슨 자랑인양 뽐내면서
말이에요. 하지만 그건 사람이 아니에요. 버섯이지!"

"뭐라고?"

"버섯이라니까요!"

더욱 화가 난 어린 왕자의 얼굴은 창백해졌다.

"수백만 년 전부터 꽃들은 가시를 만들었고, 양들도 수
백만 년 전부터 꽃을 먹어 왔어요. 그런데도 그들이 아무

짝에도 쓸모없는 가시를 왜 만들어 내는지 알려고 하는 게 중요한 일이 아니라는 거예요? 양과 꽃들의 전쟁은 중요한 게 아니라는 건가요? 그건 붉은 얼굴의 뚱뚱한 신사가 하는 덧셈보다 더 중요하지 않다는 말인가요? 내 별에는 다른 곳에서는 절대 자라지 않는 이 세상에 단 하나뿐인 한 송이의 꽃이 있어요. 어느 날 아침 양이 무심코 그걸 먹어 버릴 수도 있는데도 그것이 전혀 중요하지 않다는 말이에요?"

이제 어린 왕자의 얼굴은 새빨개지기 시작했다.

"누군가 수백만 개의 별들 속에서 자라고 있는 단 하나밖에 없는 꽃을 사랑한다면, 그 사람은 그 별들을 바라보며 '내 꽃이 저기 어딘가에 있겠지……' 라고 생각할 거예요. 하지만 양이 그 꽃을 먹어 버린다면 눈 깜짝할 사이에 그의 별은 빛을 잃고 말 거예요. 그것은 그에게 모든 별들이 사라지는 것과 마찬가지예요! 그런데도 그게 중요하지 않다는 건가요?"

더 이상 말을 하지 못하고 어린 왕자는 흐느껴 울기 시작했다.

밤이 되었다.

그 순간 나는 망치도, 나사도, 목마름

도, 심지어 죽음까지도 우습게 생각되었다. 별 위에, 내 별 위에, 이 지구 위에 내가 돌봐주어야 할 어린 왕자가 있는 것이다! 어린 왕자를 꼭 껴안고, 부드럽게 흔들어 주면서 나는 말했다.

"네가 사랑하는 꽃은 이제 위험하지 않아…… 양에게 씌울 입마개를 그려 줄게…… 그리고 울타리도……"

무슨 말로 어린 왕자의 마음을 달래야 할지 몰랐다. 내 자신이 무척 서툴게 느껴졌다. 어떻게 그를 진정시키고 그의 마음을 붙잡을 수 있을지 알 수 없었다.

눈물은 참으로 사람의 마음을 약하게 만드는 신비로운 힘이 있나 보다.

얼마 후 나는 어린 왕자의 꽃에 대해 자세히 알게 되었다. 어린 왕자의 별에는 전부터 꽃잎이 한 겹인 귀엽고 작은 꽃들이 있었다. 그것들은 자리를 거의 차지하지 않았고 귀찮게 굴지도 않았다. 그냥 조용히 아침에 피어났다가 밤이 되면 시들어 버리곤 했다.

그러던 어느 날 아무도 모르는 곳에서 날아온 씨앗이 싹을 틔웠다. 다른 싹들과 전혀 닮지 않은 그 싹을 어린 왕자는 자세히 관찰했다. 어쩌면 새로운 종류의 바오밥 나무인지도 모르니까. 그런데 그 싹은 작은 나무가 되더니 더이상 자라지 않고 꽃을 피울 준비를 하기 시작했다. 커다란 꽃망울이 맺히는 것을 지켜보고 있던 어린 왕자의 가슴은 두근두근 뛰었다. 금방이라도 꽃봉우리에서 어떤 신비로운 것이 나타날 것만 같았던 것이다.

그러나 꽃은 그 연녹색 방 속에 숨어 나올 줄을 몰랐다. 그 꽃은 개양귀비꽃처럼 구겨진 모습으로는 밖으로 나오

고 싶지 않았기 때문에, 정성스럽게 색깔을 고르고, 천천히 옷을 입으면서 꽃잎을 하나씩 하나씩 다듬었다. 눈이 부시도록 아름다운 모습으로 이 세상에 나오고 싶었던 것이다. 아! 그 꽃은 정말 멋쟁이 꽃이었다. 그 꽃의 몸단장은 며칠 동안 계속 되었다. 그러던 어느 날, 아침 해가 떠오르는 시간에 맞추어 그 꽃은 모습을 드러냈다.

　그처럼 정성껏 몸단장을 했으면서도 그 꽃은 하품을 하

며 말을 하였다.

"아! 아직도 졸리네. 어머나, 용서하세요. 제 꽃잎이 온통 헝클어져 있네요……"

어린 왕자는 그 꽃을 보고 감탄하지 않을 수 없었다.

"와! 너 참 예쁘구나!"

"그렇죠? 난 햇님과 같은 시간에 태어났으니까……" 꽃이 살며시 대답했다.

어린 왕자는 그 꽃이 별로 겸손하지 않다는 것을 알아챘지만, 그 꽃은 그의 마음을 설레게 했다.

잠시 후 그 꽃이 다시 말했다.

"아침 먹을 시간인데, 저에게 아침 식사를 가져다 주실 수 있으세요?"

어린 왕자는 당황했지만 신선한 물이 담긴 통을 가져다 그 꽃에게 뿌려 주었다. 이렇듯 꽃은 태어나자마자 어린 왕자를 괴롭혔다. 이런 것이 진실이라면 왕자로서는 다루기가 좀 곤란한 것이었다. 예를 들면, 어느 날 꽃은 자기가 가지고 있는 네 개의 가시에 대해 이렇게 말하기도 했다.

"호랑이들이 날카로운 발톱을
세우고 와도 좋아요!"

'내 별에는 호랑이가 없어. 그리
고 호랑이는 풀을 안 먹어."라고 어린 왕
자가 항의했다.

"저는 풀이 아니에요." 그 꽃이 상냥하게 대답했다.

"죄송해요…… 난 호랑이가 조금도 무섭지 않아요. 하
지만 바람은 싫어요. 혹시 바람막이가 있으세요?"

'바람이 싫다고…… 식물이 바람이 싫다고. 이 꽃은 꽤
까다로울 것 같은데……' 어린 왕자는 속으로 생각했다.

'밤이 되면 나에게 유리덮개를 씌워 주세요. 당신의 별
은 매우 춥네요. 내가 살던 곳은……"

하지만 꽃은 더 이상 말을 잇지 못했다. 꽃이 이 별에
왔을 때는 씨앗이었기 때문에 다른 세상에 대해서는 전혀
몰랐던 것이다. 자신도 모르는 사이에 거짓말을 한 꽃은
부끄러워져 헛기침을 두어 번 했다.

"바람막이는 어디에 있어요?"

"찾아보려는 참이었는데 네가 계속 말을 했잖아……"

꽃은 어린 왕자가 미안해 하도록 더욱 심하게 기침을
해댔다. 평소 착하고 다정다감한 마음씨를 가진 어린 왕자
였지만 꽃이 아무렇게나 내뱉는 말에 곧 의심을 하게 되었

고, 불행해졌다.

"꽃이 하는 말에 신경을 쓰지 말아야 했어." 이 말을 시작으로 어린 왕자는 자신의 속마음을 내게 털어놓기 시작했다.

"꽃의 말은 들을 필요가 없어요. 그냥 바라보고 향기만 맡으면 되는 거였어요. 내 꽃은 내 별을 향기롭게 해 주었는데 나는 그것을 고마워할 줄도, 즐길 줄도 몰랐어요. 꽃의 허풍과 거짓말에 기분은 나빴지만 사실은 꽃을 가엾게 생각하고 예뻐해 줬어야 했는데……"

그러더니 이렇게 말했다.

"나는 그때 아무것도 이해할 수 없었어요. 그 꽃의 말이 아니라 행동을 보고 판단했어야만 했어요. 꽃은 나에게 향기와 아름다움을 선물했는데, 나는 도망만 쳤으니……. 꽃의 허풍 뒤에는 따뜻한 마음이 숨어 있다는 것을 알아차렸어야 했어요. 꽃은 정말 모순덩이리예요! 하지만 그때 난 너무 어려서 꽃을 어떻게 사랑해야 하는지도 몰랐어요."

9

나는 어린 왕자가 철새들을 따라 별을 떠나 왔으리라
생각한다. 별을 떠나기 전 어린 왕자는 그의 별을 깨끗하
게 정리했다. 특히 두 개나 있는 활화산을 정성껏 정리했
다. 어린 왕자는 아침밥을 할 때 활화산을 이용했는데 아
주 편리했다. 어린 왕자의 별에는 사화산도 하나 있었는데,
언제 다시 폭발할 지 걱정이 되었기 때문에 어린 왕자는
사화산도 꼼꼼하게 정리를 하였다. 화산은 잘 정리가 되어
있으면 폭발하지 않고 서서히 타오른다고 한다. 마치 벽난
로의 불과 마찬가지인 것이다. 우리가 살고 있는 지구에서
는, 화산을 정리할 수가 없다. 화산을 정리하기에는 사람의
키가 너무나 작기 때문이다. 그래서 화산 폭발로 인한 괴
로움이 계속되는 것이다.

어린 왕자는 우울한 마음으로 새로 나온 바오밥 나무의
싹들을 뽑았다. 다시는 돌아오지 못하리라 생각하고 있었
던 것이다. 그래서인지 항상 하던 일이었지만 그날 아침에

어린 왕자는 불을 뿜어내는 화산들을 꼼꼼하게 정리를 하였다

는 더욱 소중하게 느껴졌고, 하나의 의식처럼 생각되었다. 마지막으로 꽃에게 물을 주고 유리덮개를 씌워 주려는 순간에는 눈물까지 나오려고 하였다.

"잘 있어." 어린 왕자가 꽃에게 말했다.

그러나 꽃은 대답하지 않았다.

"잘 있어." 어린 왕자가 다시 인사를 했다.

꽃이 기침을 했다. 하지만 그것은 감기 때문은 아니었다.

"내가 어리석었어요. 용서해 주세요…… 부디 행복하세요."

꽃이 아무런 원망도 하지 않고 오히려 용서를 빌자 당황한 어린 왕자는 유리덮개를 손에 든 채, 어쩔 줄 모르고 멍하니 서 있었다. 왜 갑자기 꽃이 얌전해졌는지 이해할 수 없었던 것이다.

"난 당신을 좋아해요. 당신은 그걸 전혀 몰랐겠지만, 그것은 내 잘못이에요. 그래도 괜찮아요. 하지만 당신도 나와 같은 바보예요. 이제라도 부디 행복해지세요. 유리덮개는 그냥 두세요. 그런 건 이제 필요없으니까……"

"바람이라도 불면……"

"내 감기는 대단하지 않아요. 서늘한 밤공기는 내게 좋을 거예요. 나는 꽃이니까……"

"하지만 짐승이나 벌레들이……"

"나비와 친해지기 위해서라면 두세 마리의 쐐기벌레쯤은 견뎌야 해요. 나비는 정말 아름다워요. 나비나 쐐기벌레가 아니면 누가 나를 찾아 주겠어요? 당신은 어디에 있는지도 모를텐데…… 커다란 짐승들도 무섭지 않아요. 내게는 가시가 있으니까요."

꽃은 천진난만하게 네 개의 가시를 보여 주면서 다시 말을 하였다.

"그렇게 주저하지 마세요. 떠나기로 결심을 했으면 빨리 가세요."

꽃은 우는 모습을 어린 왕자에게 보이고 싶지 않았다. 그토록 자존심이 강했던 것이다…….

10

어린 왕자는 자신의 별이 '작은 별 325호, 326호, 327호, 328호, 329호, 330호' 와 가까운 곳에 있다는 것을 알았다. 어린 왕자는 먼저 그 별들을 찾아가 궁금증도 풀고 지식을 쌓기로 결정을 했다.

첫번째 별에는 왕이 살고 있었다. 그 왕은 보라색 천과 흰 담비 모피로 만든 옷을 입고 단순하면서도 위엄있는 옥좌에 앉아 있었다.

"아! 신하가 한 명 왔구나!" 어린 왕자가 오는 것을 본 왕이 큰 소리로 외쳤다.

이상한 생각이 든 어린 왕자는 속으로 중얼거렸다.

'나는 저 사람을 한 번도 본 적이 없는데 그는 어떻게 나를 알아보지?'

왕에게는 세상이 아주 간단하다는 것을 어린 왕자가 미처 몰랐던 것이다. 즉, 왕에게는 모든 사람들이 다 신하인 것이다.

"가까이 오너라. 그대를 좀 더 잘 볼 수 있게." 왕 노릇을 하게 된 것이 무척 자랑스러워진 왕이 거드름을 피우며 말했다.

어린 왕자는 앉을 자리를 찾아 보았지만 그 별은 왕의 흰 담비 모피로 온통 뒤덮혀 있었다. 그래서 어린 왕자는 서 있어야만 했는데, 몹시 피곤했으므로 하품을 하였다.

"왕의 면전에서 하품을 하다니! 이것은 예절에 어긋나는 일이다. 하품을 금지하노라." 왕이 말했다.

"하품을 참을 수가 없는 걸요. 긴 여행을 한데다 잠도 자지 못했거든요……"

"그렇다면 그대에게 명하노니 하품을 하도록 하라. 하품하는 사람을 본 지도 여러 해가 되었구나. 하품하는 것을 보는 것도 참 재미있구나. 자! 다시 하품을 하라. 명령이니라."

"그렇게 말씀하시니까 겁이 나서…… 하품이 나오지 않아요……" 놀란 어린 왕자는 얼굴을 붉히며 말까지 더듬거렸다.

"흠! 흠! 그렇다면 짐이 다시 명하노니 어떤 때는 하품을 하고 또 어떤 때는……" 왕은 창피했는지 화가 난 듯한 표정으로 더듬더듬 뭐라고 중얼거렸다.

왕은 항상 자신이 존경받아야 한다고 생각을 하였기 때

문에 불복종은 용서할 수 없는 것이었다. 그러나 그는 매우 착하고 이치에 맞는 사람이었으므로 사리에 맞는 명령을 내리고자 노력을 하였다.

"만약 짐이 어떤 장군에게 갈매기로 변하라고 명령을 했는데 장군이 명령에 따르지 않았다면 그건 그 장군의 잘못이 아니라 짐의 잘못이니라."라고 왕은 평상시에 늘 말하곤 했다.

"앉아도 될까요?" 어린 왕자가 조심스레 물었다.

"그렇게 하도록 하라." 흰 담비 모피의 한 자락을 위엄 있게 걷어올리며 왕이 대답했다.

어린 왕자는 이상한 생각이 들었다. 그 별은 아주 작았는데 도대체 왕이 무엇을 다스리는지 무척 궁금했던 것이다.

"폐하. 한 가지 여쭈어 봐도 좋을까요……"

"그대에게 명하노니, 질문을 하라."

"폐하…… 폐하는 무엇을 다스리고 계신가요?"

"모든 것을 다스리지." 간단하지만 위엄있게 왕이 대답했다.

"모든 것을요?"

왕은 진지한 몸짓으로 자신의 별과 다른 별들을 가리켰다.

"저 모든 것을요?" 어린 왕자가 물었다.

"그래, 저것들을 다스리지." 왕이 대답했다.

왕의 지배는 절대적일 뿐 아니라 전 우주에까지 통해 있었던 것이다.

"그럼 모든 별들이 폐하께 복종하나요?"

"물론이지. 명령만 내리면 즉시 복종하지. 복종을 하지 않으면 짐은 용서치 않느니라." 왕이 말했다.

왕의 어마어마한 힘에 어린 왕자는 매우 감탄을 하며 자신도 그런 힘을 가질 수 있다면 의자를 움직이지 않고서도 하루에 44번 아니라 72번, 아니 100번 200번 석양을 볼 수 있을 것이라고 생각을 했다. 그러자 자신이 버려 두고 온 자신의 별이 생각나 슬퍼졌다. 어린 왕자는 용기를 내어 왕에게 부탁을 하였다.

"저는 석양을 보고 싶어요. 제발 해에게 명령을 내려 주세요……"

"만약 짐이 어떤 장군에게 나비처럼 이 꽃에서 저 꽃으로 날아다니라거나, 슬픈 소설을 한 편 쓰라고 명령하거나, 혹은 갈매기가 되라고 명령했는데 그 장군이 그 명령을 받고도 복종을 하지 않는다면 그것은 누구의 잘못일까?"

"그야 물론 당연히 폐하의 잘못이죠." 어린 왕자가 자신있게 말했다.

"옳다. 누구에게나 그가 할 수 있는 것을 요구해야 하는 법이니라. 권위는 무엇보다도 이치에 맞게 부려야 하느니라. 만약 그대가 그대의 백성들에게 바다에 몸을 던지라고 명령한다면 그들은 전쟁을 일으킬 것이다. 짐이 복종을 요구할 권한을 갖는 것은 짐의 명령들이 이치에 맞는 까닭이니라." 왕이 대답을 하였다.

"그럼 제가 석양을 보게 해주십사 한 것은요?" 한번 한 질문은 절대로 잊어 버리는 법이 없는 어린 왕자가 물었다.

"석양을 보여 주겠노라. 하지만 짐의 통치 기술에 따라 조건이 갖추어질 때까지 기다린 다음에 명령을 할 것이니라."

"그게 언젠데요?" 어린 왕자가 물었다.

"흠! 흠! 오늘 저녁, 오늘 저녁은…… 18시 20분 쯤이니라! 짐의 명령이 얼마나 잘 지켜지는지 그대는 볼 수 있을 것이다." 왕이 대답했다.

석양을 못 보게 된 어린 왕자는 하품을 했다. 그러자 금새 심심해졌다.

"이 곳에서는 제가 할 일이 없군요. 이제 그만 갈게요."

"가면 안 돼. 장관을 시켜줄테니 가지 마라!" 신하를 두게 되어 무척 기뻤던 왕이 소리쳤다.

"무슨 장관인데요?"

"음…… 법무장관을 시켜주지."

"하지만 이곳에는 재판받을 사람이 아무도 없잖아요."

"그것은 알 수 없는 일이지. 짐은 아직 짐의 왕국을 전부 돌아다녀 본 적이 없었노라. 나이도 많이 먹은 데다가, 마차를 둘 곳도 없고, 걸어다니자니 금방 피곤해지니까."

"아! 그건 걱정마세요. 제가 벌써 다 보았는 걸요." 허리를 굽혀 별의 반대쪽을 다시 한번 바라보며 어린 왕자가 말했다.

"저쪽에도 아무도 없는데요……"

"그렇다면 그대 자신을 심판하거라. 그것이 가장 어려운 일이다. 다른 사람을 심판하는 것보다 자기 자신을 심판하는 게 훨씬 더 힘든 법이거든. 그대가 만약 그대 자신을 정정당당하게 심판할 수 있다면 그대는 참으로 지혜로운 사람이니라." 왕이 대답했다.

"저는 언제 어디서나 저를 심판할 수 있어요. 굳이 이곳에서 살 필요는 없어요." 어린 왕자가 말했다.

"흠! 흠! 짐의 별 어딘가에 늙은 쥐 한 마리가 있는데, 밤이면 소리가 들리느니라. 그 늙은 쥐를 심판하거라. 가끔 늙은 쥐에게 사형을 내리는 거야. 그럼 쥐의 목숨은 그대의 손에 달려 있게 될 것이다. 하지만 재판 때에는 항상 그에게 관용을 베풀어야 해. 그나마 한 마리밖에 없는 쥐니까." 왕이 말했다.

"전 누구에게라도 사형선고를 내리는 건 싫어요. 더 이상 잡지 마세요." 어린 왕자가 말했다.

"가면 안 돼." 왕이 말했다.

하지만 떠날 준비를 끝낸 어린 왕자는 늙은 왕을 슬프게 만들기는 싫었다.

"폐하, 폐하의 명령이 어김없이 복종되길 원하신다면 제게 이치에 맞는 명령을 내려 주세요. 이를테면 1분 내로 떠나도록 제게 명령하실 수도 있잖아요. 제가 보기엔 지금이 좋을 것 같은데……"

왕이 아무런 대답도 하지 않자 어린 왕자는 머뭇거리다가 한숨을 한번 내쉬고는 길을 떠났다.

"그대를 대사로 임명하겠노라." 왕이 다급하게 외쳤다.

왕은 여전히 위엄에 넘치는 표정을 짓고 있었다.

'어른들은 참 이상해' 속으로 중얼거리며 어린 왕자는 여행을 계속했다.

11

두번째 별에는 허영심이 많은 사람이 살고 있었다.

"아! 저기 나를 찬양하기 위한 사람이 오는군!" 어린 왕자를 보자마자 허영심 많은 사람이 멀리서부터 외쳤다.

허영심 많은 사람들에겐 다른 사람들은 다 자기를 찬양해 주는 사람들로 보이는 것이다.

"안녕하세요. 이상한 모자를 쓰셨네요." 어린 왕자가 말했다.

"사람들이 나에게 환호를 보낼 때 모자를 들고 답례하기 위해서지. 그런데 불행히도 이곳으로 지나가는 사람이 아무도 없어." 허영심 많은 사람이 대답했다.

"아, 그래요?" 대답은 했지만 어린 왕자는 무슨 말인지 알아듣지 못하였다.

"손뼉을 쳐 봐. 두 손을 마주 두드리라구." 허영심 많은 사람이 시키는 대로 어린 왕자는 두 손을 마주 두드렸다. 그러자 허영심이 많은 사람이 점잖게 모자를 들어올리며

답례를 했다. '왕을 방문했을 때보다는 더 재미있네.' 어
린 왕자는 속으로 중얼거렸다.

그래서 다시 손뼉을 쳤다. 허영심 많은 사람도 다시 모
자를 들어올리며 답례를 했다.

하지만 5분쯤 계속했더니 어린 왕자는 이런 단순한 놀
이에 금방 싫증이 났다.

"어떻게 하면 모자를 떨어뜨릴 수 있어요?" 어린 왕자
가 물었다.

그러나 허영심 많은 사람은 어린 왕자의 말을 듣지 못한 척 했다. 허영심 많은 사람들에게는 오로지 칭찬하는 말이 아니면 들리지 않으니까.

"너는 정말로 나를 찬양하니?" 허영심 많은 사람이 어린 왕자에게 물었다.

"찬양한다는 게 뭔데요?"

"찬양한다는 건 내가 이 별에서 가장 잘 생기고, 가장 옷도 잘 입으며, 가장 부자인데다가, 가장 똑똑하다고 인정해 주는 거지."

"하지만 이 별에는 아저씨 혼자뿐이잖아요!"

"나에게 친절을 베풀렴. 제발 나를 찬양해 줘."

"아저씨를 찬양해요. 그런데 그게 아저씨에게 무슨 의미가 있어요?" 어린 왕자는 어깨를 으쓱하면서 말을 했다.

'어른들은 정말 이상하군' 속으로 중얼거리며 어린 왕자는 다시 여행을 계속했다.

12

세번째 별에는 술고래가 살고 있었다. 아주 짧은 방문이었지만 어린 왕자를 실망시키기엔 충분한 시간이었다.

"아저씨, 지금 무얼하세요?" 빈 병 한 무더기와 술이 가득 차 있는 병 한 무더기를 수북이 쌓아 놓고 말없이 앉아 있는 술고래를 보고 어린 왕자가 말했다.

"술 마시고 있지." 술고래는 우울한 표정으로 대꾸했다.

"술은 왜 마시는데요?" 어린 왕자가 그에게 물었다.

"잊기 위해서 마신단다." 술고래가 대답했다.

"무엇을요?" 불쌍한 생각이 든 어린 왕자가 물었다.

"부끄럽다는 걸 잊기 위해서지." 더욱 머리를 숙이며 술고래가 대답했다.

"무엇이 부끄러운데요?" 어린 왕자가 캐물었다.

"술 마시는 게 부끄러워!" 이렇게 말하고 술고래는 더이상 아무 말도 하지 않았다.

어리둥절해진 어린 왕자는 그 별을 떠났다.

'어른들은 정말 이상해' 속으로 중얼거리며 어린 왕자는 여행을 계속했다.

13

네번째 별은 사업가의 별이었다. 그 사람은 어찌나 바쁜지 어린 왕자가 도착했는지도 몰랐다.

"안녕하세요. 담뱃불이 꺼졌는데요."

어린 왕자가 말했다.

"3 더하기 2는 5, 5 더하기 7은 12, 12 더하기 3은 15. 그래, 안녕. 15 더하기 7은 22, 22 더하기 6은 28. 담뱃불 붙일 시간도 없단다. 26 더하기 5는 31. 후유! 그러니까 5억 162만 7백 31이 되네."

"무엇이 5억인데요?"

"어? 너 아직도 거기 있었니? 저…… 5억 1백만— 난 계속 해야 해. 할 일이 너무 많아! 나는 중요한 일을 하는 사람이란 말야. 쓸데 없는 일로 시간을 보낼 수 없어! 2 더하기 5는 7……"

"무엇이 5억인데요?" 한번 질문을 하면 대답을 들을 때까지 포기하지 않는 어린 왕자가 다시 물었다.

사업가가 고개를 들었다.

"이 별에서 54년 동안 살았는데 내가 방해를 받은 게 딱 세 번이야. 첫 번째는 22년 전이었는데, 어지럼증을 일으킨 거위 한 마리가 어디선가 날아와 떨어졌을 때였어. 거위의 소리가 어찌나 시끄럽던지 계산이 네 군데나 틀렸었지. 두 번째는 11년 전이었는데, 신경통 때문이었어. 운동 부족으로 생긴 병이지만 빈둥거릴 시간이 없어. 내가 하는 일은 매우 중요하거든. 세 번째는…… 바로 지금이야! 내가 5억 1백만이라고 했었지……"

"무엇이 5억 1백만인데요?"

사업가는 대답을 하기 전에는 도저히 일을 할 수 없다는 것을 깨달았다.

"가끔 하늘에 보이는 저 작은 것들 말이다."

"파리요?"

"아니, 반짝반짝 빛나는 것들 말이다."

"벌 말이에요?"

"아니야. 게으름뱅이들에게 황당한 꿈을 꾸게 하는 조그마한 물체들 말이다. 그러나 난 중요한 일을 하는 사람이거든! 공상에 잠길 시간이 없어."

"아! 별 말이죠?"

"그래. 별이야."

"5억의 별들을 가지고 뭘 하는 데요?"

"5억 162만 2천 731개야. 내가 하는 일은 매우 중요하고, 또한 정확해."

"그 별들을 가지고 뭘 하는 데요?"

"뭘 하느냐고?"

"그래요."

"아무것도 안 해. 그냥 갖는 거야."

"별들을 갖는다구요?"

"그래."

"하지만 전에 내가 만난 어떤 왕은……."

"왕은 가지지 않고 소유하는 사람이야. 그건 아주 다른 얘기지."

"별을 갖게 되면 뭐가 좋은 데요?"

"부자가 되지."

"부자가 되면 뭐가 좋은 데요?"

"다른 누군가가 새로운 별을 발견하면 그것을 살 수 있지."

'이 사람도 전에 만난 술고래처럼 말을 하네.' 하고 어린 왕자는 생각했다.

그래도 그는 질문을 계속했다.

"어떻게 하면 별들을 가질 수 있어요?"

"넌 별들이 누구 것인지 아니?" 기분이 상한 듯 사업가가 물었다.

"글쎄요, 잘 모르겠지만 그 누구의 것도 아니겠지요."

"그래, 그러니까 내 것이지. 왜냐면 내가 제일 먼저 그 생각을 했거든."

"생각만 있으면 가질 수 있는 거예요?"

"그럼. 만약 네가 주인 없는 다이아몬드를 주웠다면 그것은 네 것이야. 주인이 없는 섬을 네가 발견하면 그건 네 소유가 되는 거고, 네가 어떤 좋은 생각을 제일 먼저 해냈으면 특허를 받아야 해. 그럼 그 생각은 네 것이 되는 거야. 그래서 나는 별들을 가질 수 있는 거야. 나보다 먼저 그 생각을 한 사람이 아무도 없었거든."

"그렇구나. 그런데 아저씨는 별들을 가지고 뭘 하세요?" 어린 왕자가 말했다.

"몇 개인지 세어 보면서 그것들을 관리하지. 그건 어렵지만 중요한 일이야. 나는 진지하고도 중요한 일이 좋아!"

어린 왕자는 그래도 이해가 되지 않았다.

"나는요. 목도리가 생기면 그것을 항상 목에 두르고 다녀요. 또 꽃이 내 것이면 꺾어 가지고 다니구요. 하지만 아저씨는 별들을 가지고 다닐 수도 없잖아요!"

"그거야 그렇지. 하지만 그것들을 은행에 맡길 수 있단다."

"그게 무슨 말이에요?"

"내가 가지고 있는 별의 숫자를 종이에 쓴 뒤 그것을 서랍에 넣어 두고 열쇠로 잠가두는 거야."

"그게 전부예요?"

"그렇지."

'그것 참 재미있는 생각이네. 하지만 그리 중요한 일은 아닌 것 같아.' 하고 어린 왕자는 생각했다.

어린 왕자가 생각하는 중요한 것은 어른들과는 전혀 다른 것이었다.

"나는요. 꽃 한 송이를 갖고 있는데 매일 물을 줘요. 세 개의 화산도 갖고 있어서 매주 그을음을 청소해 주곤 하죠. 그 중 하나는 사화산이지만 언제 폭발할지 모르니까 같이 청소를 해요. 나는 내 꽃과 화산들에게 조금이라도 도움을 주려고 하는데, 아저씨는 별들에게 아무런 도움도 주지 않잖아요……"

사업가는 무슨 말인가 하려고 했지만 결국 아무런 말도 하지 못했다. 그래서 어린 왕자는 그 별을 떠났다.

'어른들은 정말 이상해' 속으로 중얼거리며 어린 왕자는 여행을 계속했다.

14

　다섯번째 별은 아주 이상한 별이었는데, 별들 중에서
제일 작은 별이었다. 단지 가로등 하나와 가로등을 켜는
사람이 간신히 서 있을 수 있는 정도의 크기였다. 하늘 한
구석, 집도 없고 사람도 살지 않는 곳에서 가로등과 가로등
켜는 사람이 왜 필요한지 어린 왕자는 도무지 이해할 수가
없었다. 그렇지만 이렇게 생각했다.

　'이 사람은 바보 같은 사람인지도 몰라. 그러나 왕이나
허영심 많은 사람, 사업가, 혹은 술고래보다는 덜 어리석은
사람인 것 같아. 적어도 이 사람이 하는 일은 의미가 있으
니까. 가로등을 켜는 것은 별 한 개를 더 빛나게 하는 것과,
꽃 한 송이를 더 피게 하는 것과 같은 거야. 가로등을 끄면
그 꽃이나 그 별을 잠들게 하는 거고, 그러고보니 이 일은
아주 아름다운 것이군. 아름다우니까 훌륭하고 쓸모있는
거야.'

　별에 도착한 어린 왕자가 가로등 켜는 사람에게 공손히

인사를 했다.

"안녕하세요, 아저씨. 가로등을 왜 껐어요?"

"안녕. 그건 명령이야." 가로등 켜는 사람이 대답했다.

"명령이 뭐예요?"

"가로등을 끄라는 거지. 잘 자."

그리고 그는 다시 불을 켰다.

"그런데 왜 가로등을 다시 켰어요?"

"명령이거든." 가로등 켜는 사람이 대답했다.

"무슨 소리인지 잘 모르겠어요." 어린 왕자가 말했다.

"이해할 건 아무것도 없어. 명령은 명령이니까. 잘 잤니!" 가로등 켜는 사람이 말을 하며 다시 가로등을 껐다. 잠시 후 가로등 켜는 사람은 붉은 바둑판 무늬의 손수건으로 흐르는 이마의 땀을 닦았다.

"내 일은 정말 힘들어. 옛날에는 이렇지 않았단다. 아침에 가로등을 끄고 저녁에 다시 켰었지. 그래서 낮에는 충분히 쉬고, 밤에는 잠을 잘 수 있었어……"

"그럼, 그 사이 명령이 바뀐 거예요?"

"아니, 그래서 문제야! 이 별은 해가 갈수록 빨리 돌고 있는데 명령은 한 번도 바뀌지 않았거든." 가로등 켜는 사람이 말했다.

"그래서 어떻게 됐는데요?" 어린 왕자가 물었다.

"현재 이 별은 1분에 한 번씩 돌고 있어. 그래서 조금도 쉴 수가 없는 거야. 1분마다 한 번씩 껐다 켰다 해야 하거든."

"그것 참 이상하네요! 1분이 하루라니!"

"하나도 이상할 것 없어. 우리가 이야기를 하는 사이 벌써 한 달이 되었단다." 가로등 켜는 사람이 말했다.

"한 달이요?"

"그래 한달이야. 30분이 지났으니까 30일이잖아! 잘 자."

그리고는 다시 가로등을 켰다.

이처럼 명령에 충실한 그를 바라보며 어린 왕자는 가로 등 켜는 사람이 좋아졌다. 의자를 뒤로 옮기면서까지 석양을 보고 싶어하던 지난 일이 생각이 나 그를 도와주고 싶었다.

"저기요…… 아저씨가 쉬고 싶을 때는 언제나 쉴 수 있는 방법이 있어요……"

"나도 쉬고 싶어." 가로등 켜는 사람이 말했다.

사람이라면 누구나 성실하게 일을 하면서도 가끔은 게으름을 피우고 싶은 때가 있는 것이다.

어린 왕자는 말을 계속했다.

"아저씨 별은 아주 작으니까 세 걸음만 걸으면 한 바퀴를 돌 수 있잖아요. 천천히 걸으면 계속 낮이 될 거예요.
그러니까 아저씨가 쉬고 싶을 때는 걸어 보세요…… 그러
면 아저씨는 지금처럼 자주 가로등을 켰다 껐다 하지 않아
도 될 거예요."

"그건 별로 도움이 되지 못해. 내가 원하는 건 잠을 자

는 거니까." 가로등 켜는 사람이 말했다.

"그것 참 안 됐네요." 어린 왕자가 말했다.

"그래, 난 운도 없어. 잘 잤니!" 가로등을 끄며 가로등
켜는 사람이 말했다.

'저 사람은 다른 모든 사람들. 왕이나 허영심 많은 사

람이나 술고래, 혹은 사업가 같은 사람들에게 무시를 당하겠지. 하지만 내가 보기엔 저 사람이 제일 성실한 것 같아. 그건 저 사람이 자기 자신을 위해 일하지 않기 때문일 거야.' 이런 생각을 하며 어린 왕자는 한숨을 내쉰 뒤 다시 생각을 했다.

'저 사람은 내 친구가 될 수 있었는데, 그렇지만 그의 별은 너무 작아. 두 사람이 있을 자리도 없으니……'

어린 왕자가 자신의 생각도 말하지 못하고, 별을 떠난 뒤에도 그 별을 잊지 못하는 것은 24시간 동안에 1천 440번이나 해가 지기 때문이었는데, 그것은 어린 왕자가 스스로에게도 고백하지 못하는 것이었다.

15

여섯번째 별은 가로등을 켜는 사람이 있는 별보다 열 배나 더 큰 별이었다. 이 별에는 아주 커다란 책을 쓰고 있는 늙은 신사 한 분이 살고 있었다.

"오! 탐험가가 한 사람 오네!" 어린 왕자를 보며 늙은 신사가 큰 소리로 외쳤다.

어린 왕자는 책상 위에 걸터앉으며 가쁜 숨을 몰아쉬었다. 아주 먼 거리를 여행했던 것이다.

"넌 어디서 왔니?" 늙은 신사가 물었다.

"이 두꺼운 책은 뭐예요? 여기서 뭘 하시는 거예요." 어린 왕자가 물었다.

"난 지리학자란다." 늙은 신사가 말했다.

"지리학자가 뭔데요?"

"지리학자란, 바다와 강, 도시와 산, 그리고 사막이 어디에 있는지 아는 사람이지."

"우와! 할아버지는 참 멋있는 직업을 가지셨군요!" 어린 왕자는 지리학자의 별을 휘이 둘러보았다. 그 별은 지금까지 어린 왕자가 본 별 중에서 가장 아름다운 별이었다.

"할아버지 별은 정말 아름답네요. 근데 바다도 있어요?"

"모르겠는데." 지리학자가 대답했다.

"그래요?" 어린 왕자는 실망했다.

"그럼, 산은요?"

"그것도 모르겠는데."

"그럼, 도시와 강과 사막은요?"

"그것도 잘 모르겠는데."

"할아버진 지리학자라면서요!"

"그래. 하지만 난 탐험가는 아니란다. 내 별엔 탐험가가 한 명도 없어. 지리학자는 중요한 일을 하는 사람이야. 그래서 한가롭게 돌아다닐 수가 없단다. 지리학자는 책상에 앉아서 탐험가들을 만나 그들의 이야기를 듣고 그 중에서 재미있는 것이 있으면 그 탐험가가 진실한지 알아본 뒤그것을 책에 기록해야 하거든."

"탐험가가 진실하지 않으면요?"

"탐험가가 거짓말을 하면 지리책은 거짓이 되니까 조심해야지. 또한 탐험가가 술을 너무 마셔도 그래."

"그건 또 왜요?" 어린 왕자가 말했다.

"왜냐하면 술에 취한 사람들은 물건을 두 개로 볼 수 있거든. 그렇게 되면 지리학자는 원래 산이 하나인데도 두 개의 산으로 기록할 지도 모르잖니."

"저도 나쁜 탐험가가 될 수 있는 사람을 알고 있어요." 어린 왕자가 말했다.

"그럴 수도 있겠지. 그래서 탐험가가 진실되 보인다 하더라도 그가 발견한 것을 조사하지."

"직접 조사하세요?"

"아니. 직접 조사하는 것은 너무 복잡해. 그래서 탐험가에게 증거를 찾아오게 하지. 예를 들면 커다란 산을 발견했을 때는 그 산에서 커다란 돌멩이를 가져오라고 요구

하는 거야."

말을 하던 지리학자가 갑자기 흥분하며 소리쳤다.

"그런데, 너 먼 곳에서 왔지? 그렇다면 너도 탐험가야! 네 별에 대해 이야기해 줘."

그러더니 지리학자는 책을 펴고 연필을 꺼냈다. 탐험가의 이야기는 처음에는 연필로 적었다가 나중에 탐험가가 증거를 가져오면 잉크로 적는 것이다.

"그럼, 시작해 볼까?" 지리학자가 물었다.

"내가 사는 별은요, 별로 흥미로운 게 없어요. 아주 작거든요. 화산이 셋 있는데, 2개는 활화산이고 1개는 사화산이에요. 하지만 언제 어떻게 될지 모르겠어요."

"그래 언제 어떻게 될 지 아무도 모르지." 지리학자가 말했다.

"그리고 꽃 한 송이도 있어요."

"꽃은 기록하지 않아." 지리학자가 말했다.

"왜요? 꽃이 얼마나 예쁜데요!"

"꽃들은 일시적인 거니까."

"'일시적인' 이란 무슨 말이에요?"

"지리책은 모든 책들 중 가장 중요한 것을 모아 놓은 책이야. 지리책은 유행을 따르지 않지. 산이 위치를 바꾸는 일도 없고, 바닷물이 말라 버리는 일도 별로 없어. 우리는 영원히 변하지 않는 것들을 기록하는 거야."

"하지만 사화산들이 다시 깨어날 수도 있잖아요. '일시적인' 이 무슨 말이에요?" 어린 왕자가 말을 가로막았다.

"활화산이냐 사화산이냐 하는 것은 중요하지 않아. 중요한 건 산이지. 산은 변하지 않거든."

"그런데 '일시적인' 이란 무슨 말이에요?" 한번 한 질문은 결코 포기해 본 적이 없는 어린 왕자가 다시 되물었다.

"그건 '오래가지 못하고 머지 않은 장래에 사라져 버릴지도 모른다' 는 말이야."

"그럼, 내 꽃도 머지 않은 장래에 사라져 버릴 위험에 처해 있나요?"

"물론이지."

'내 꽃은 일시적인 거야. 자신을 보호할 것이라곤 네 개의 가시밖에 없는데 나는 그 꽃을 내 별에 혼자 내버려 두고 왔어!' 하고 어린 왕자는 생각했다. 어린 왕자가 자신의 별을 떠난 후 처음으로 가져보는 후회였다. 하지만 어린 왕자는 용기를 내 지리학자에게 물었다.

"제가 어떤 별을 찾아 가는 게 좋을까요?"

"지구라는 별로 가 봐. 아주 평판이 좋은 별이거든……"

그리하여 어린 왕자는
그의 꽃에 생각 하며 여행을 계속했다.

16

그렇게 해서 일곱번째로 간 별이 지구였다.

지구는 지금까지의 별들과 아주 달랐다. 그곳에는 111명의 왕(물론 흑인 나라의 왕을 포함해서)과 7천 명의 지리학자와 90만 명의 사업가, 750만 명의 술고래, 3억 1천 1백만 명의 허영심 많은 사람들, 이렇게 약 22억쯤 되는 어른들이 살고 있었다.

전기가 발명되기 전에는 여섯 대륙에 46만 2천 511명이나 되는 가로등 켜는 사람이 있었다니 여러분은 지구라는 별이 얼마나 큰지 짐작을 할 수 있을 것이다.

그래서 먼 곳에서 가로등이 켜지는 모습을 보면 그 모습은 마치 오페라를 공연하는 것처럼 웅장하면서 아주 멋졌다.

맨 먼저 뉴질랜드와 호주의 가로등 켜는 사람들의 차례였다. 그들은 가로등을 켜고 나면 잠을 자러 갔다. 다음은 중국과 시베리아의 가로등 켜는 사람들이 춤을 추며 나타났다가 무대 뒤로 손을 흔들며 사라졌다. 다음 순서는 러시아와 인도였고, 그 다음에는 아프리카와 유럽, 그 다음에는 남아메리카, 그 다음에는 북아메리카의 가로등 켜는 사람들이 차례로 나타났다. 그들은 단 한 번도 순서를 틀리는 법이 없었다. 어찌나 그 모습이 정확했던지 장엄하기까지 했다.

다만, 북극의 단 한 명뿐인 가로등 켜는 사람과, 남극의 단 한 명뿐인 가로등 켜는 사람만이 한가롭고 태평스러운 생활을 하고 있었다. 그들은 일년에 두 번만 일을 하면 됐으니까……

17

이야기를 재미있게 하다보면 간혹 진실에서 벗어나 거짓말을 할 때도 있다. 가로등 켜는 사람들에 대한 나의 이야기가 그렇다. 지구를 잘 모르는 사람들에게 자칫하면 지구에 대한 잘못된 생각을 가지게 할 수도 있는 것이다. 사람들이 지구 위에서 차지하는 자리는 아주 작다. 지구에서 살고 있는 22억의 사람들이 모임을 갖는 것처럼 어떤 장소에 바짝 붙어 선다면 가로 20마일, 세로 20마일의 광장으로도 충분할 것이다. 또한 그들을 태평양의 아주 작은 섬 위에 차곡차곡 쌓아 놓을 수도 있을 것이다.

이렇게 말을 하면 어른들은 믿지 않는다. 그들은 자신들이 아주 많은 자리를 차지하고 있다고 생각하기 때문이다. 어른들은 숫자를 좋아하기 때문에 여러분이 그들에게 계산을 해 보라고 하면 좋아할 것이다. 하지만 여러분은 이런 쓸모없는 것으로 시간을 낭비할 필요가 없다.

지구에 도착했을 때 어린 왕자는 사람이라곤 통 보이지

않자 깜짝 놀랐다. 자신이 잘못해서 다른 별로 찾아온 게
아닌가 걱정을 하고 있을 때, 모래 속에서 달빛과 같은 금
빛을 한 어떤 것이 움직이고 있었다.

"안녕." 어린 왕자는 무턱대고 말을 걸었다.

"안녕." 뱀이 말했다.

"지금 내가 도착한 이 별은 무슨 별이야?" 어린 왕자가
물었다.

"지구야. 여기는 아프리카란다." 뱀이 대답했다.

"아, 그래!…… 지구에는 사람이 아무도 없는 거야?"

"여긴 사막이야. 사막에는 사람이 살지 않아. 지구는 굉
장히 크단다." 뱀이 말했다. 어린 왕자는 돌 위에 걸터앉아
하늘을 쳐다 보았다.

"별이 하늘에서 반짝거리는 것은 언젠가 별의 주인들
이 그들의 별을 찾을 수 있도록 하기 위한 것 같아. 저기
내 별이 있네. 우리 머리 바로 위해서 빛나고 있는데 어쩜
저리도 멀리 있을까!"

"아름다운 별이구나. 헌데 여긴 왜 왔니?" 뱀이 물었
다.

"난 꽃하고 문제가 좀 있었어."

"그랬구나."

"사람들은 어디에 있어? 사막이란 곳은 외로운 곳이구

나……"

"사람들이 있는 곳도 외롭기는 마찬가지야."

뱀의 말을 들으며 어린 왕자는 뱀을 자세히 살펴본 뒤
말을 했다.

"넌 아주 재미있게 생겼구나. 손가락처럼 가느다랗
고……"

"그래도 난 왕의 손가락보다도 더 강하고 무섭단다."
뱀이 말했다.

어린 왕자는 빙긋이 미소를 지었다.

"그렇게 무서워 보이지 않는데? 다리도 없고…… 여행
도 못 할 것 같은데……"

"난 배보다 더 멀리 너를 데려다 줄 수도 있어." 뱀이
말했다.

뱀은 어린 왕자의 발목을 팔찌처럼 감더니 계속 말했
다.

"내가 건드리는 사람은 누구나 그가 태어난 곳으로 되
돌아가게 돼. 하지만 너는 순진하고 정직한데다 또 다른
별에서 왔으니까……"

어린 왕자는 아무런 대꾸도 하지 않았다.

"네가 가엾게 보여. 너처럼 연약한 아이가 이 돌멩이투
성이인 지구에 있으니. 만약 네 별에 돌아가고 싶어지면
언제든 나를 찾아와. 내가 너를 도와줄 수 있을 거야. 진짜
야……" 뱀이 말했다.

"그래, 알았어. 근데 넌 어째서 수수께끼 같은 말만 하
니?" 어린 왕자가 말했다.

"난 수수께끼는 뭐든지 풀 수 있거든." 뱀이 말했다.

그리고 그들은 아무런 말도 하지 않았다.

18

어린 왕자는 사막을 가로질러 걷다가 꽃 한 송이를 만났다. 석 장의 꽃잎을 가진 별로 예쁘지 않은 꽃이었다.

"안녕." 어린 왕자가 말했다.

"안녕하세요." 꽃도 말했다.

"사람들은 어디에 있어?" 어린 왕자는 겸손하게 물었다.

그 꽃은 언젠가 대상(隊商)의 무리가 지나가는 것을 본 적이 있었다.

"사람들이요? 내가 보기엔 한 6~7명 있는 것 같아요. 몇 년 전에 그들을 봤거든요. 하지만 지금은 그들이 어디 있는지 모르겠어요. 그들은 뿌리가 없어서 무척 힘들 것 같아요."

"잘 있어." 어린 왕자가 말했다.

"안녕히 가세요." 꽃이 말했다.

19

그 후 어린 왕자는 산 위로 올라 갔다. 어린 왕자가 알고 있는 산이라곤 그의 무릎에 닿는 세 개의 화산이 고작이었다. 그 중 활화산은 화덕으로 사용하였고 사화산은 의자로 사용하곤 하였었다. '이 산처럼 높은 산에서는 이 별과 사람들 모두를 한눈에 볼 수 있을 거야……' 어린 왕자는 이렇게 생각했지만 보이는 것이라곤 바늘 끝처럼 뾰족뾰족한 산봉우리뿐이었다.

"안녕하세요." 혹시나 누가 있지 않을까 하고 어린 왕자는 공손하게 인사를 했다.

"안녕하세요…… 안녕하세요…… 안녕하세요……" 메아리가 대답했다.

"누구세요?" 어린 왕자가 말했다.

"누구세요…… 누구세요……누구세요……" 메아리가 대답했다.

"내 친구가 되어 줘. 난 혼자야." 어린 왕자가 말했다.

"난 혼자야……난 혼자야…… 난 혼자야……" 메아리
가 대답했다.

'참 요상한 별이네! 메마른데다가 뾰족뾰족하고 거친
데다가 사람들은 상상력도 없이 다른 사람이
한 말이나 되풀이하고…… 내 별의
꽃은 항상 먼저 말을
걸었었는데…….'

오랫동안 모래와 바위와 눈을 헤치고 걸은 끝에 어린 왕자는 길 하나를 발견했다. 길이란 모두 사람이 사는 곳으로 통하는 법이다.

"안녕." 장미꽃이 활짝 피어 있는 정원 앞에 선 어린 왕자가 꽃에게 인사를 했다.

"안녕." 장미꽃들도 인사를 했다.

장미꽃을 바라보고 있던 어린 왕자는 꽃들이 자신의 꽃과 닮은 것을 보고 깜짝 놀랐다.

"너희들은 누구야?" 어린 왕자가 물었다.

"우리는 장미꽃이야." 장미꽃들이 대답했다.

"아, 그래?"

어린 왕자는 갑자기 슬퍼졌다. 그의 꽃은 항상 그에게

이 세상에 자기와 같은 꽃은 없다고 자랑을 했었는데, 정원 하나 가득 똑같은 꽃들이 있었던 것이다.

'만약 내 꽃이 이곳을 보면 몹시 창피할 거야. 비웃음을 당하지 않으려고 기침을 하면서 죽는 시늉을 하겠지. 그럼 난 간호를 해 주는 척 해야 할 거야. 그러지 않으면 내게 죄책감을 주려고 정말로 죽어버릴지도 몰라……' 이런 생각을 하던 어린 왕자는 이런 생각도 했다. '난 내가 이 세상에 오직 하나뿐인 꽃을 가진 부자인 줄 알았는데, 내 꽃은 그저 평범한 장미꽃 한 송이였어. 게다가 무릎 높이의 화산 세 개로는 그렇게 대단한 왕자도 못 되겠네……'

어린 왕자는 풀숲에 엎드려 엉엉 소리내며 울었다.

21

여우가 나타난 것은 바로 그 때였다.

"안녕." 여우가 말했다.

"안녕." 어린 왕자가 공손하게 대답을 하며 뒤돌아보았지만 아무것도 보이지 않았다.

"난 여기 있어. 사과나무 밑을 봐줄래?" 좀 전의 목소리가 다시 말했다.

"너는 누구야? 너 참 예쁘게 생겼구나." 어린 왕자가 말했다.

"난 여우야." 여우가 말했다.

"우리 함께 놀자. 난 정말로 외롭고 슬프거든……" 어린 왕자가 제의했다.

"안 돼. 나는 길들여져 있지 않아서 같이 놀 수가 없어."

"아, 그래? 알았어." 어린 왕자가 말했다.

잠깐 생각을 하던 어린 왕자가 다시 말을 했다.

"그런데 '길들인다'는 게 무슨 말이야?"

"넌 이 곳 사람이 아니구나. 넌 무얼 찾고 있니?" 여우가 물었다.

"난 사람들을 찾고 있어." 어린 왕자가 말했다. "'길들인다'는 게 무슨 말이야?"

"사람들은 총을 가지고 사냥을 하지. 그것은 좋지 않은 일이야! 그들은 취미로 닭도 길러. 너도 닭을 찾니?" 여우가 물었다.

"아니. 난 친구들을 찾고 있어. 근데 '길들인다'는 게 무슨 말이야?" 어린 왕자가 말했다.

"요즈음엔 많이 쓰지 않지만, 그것은 '인연을 만든다'는 말이야." 여우가 말했다.

"인연을 만든다고?"

"그래." 여우가 말했다. "넌 지금 나에게 수많은 다른 소년들과 같은 한 소년이야. 그래서 난 네가 필요하지 않고, 너도 내가 필요하지 않아. 나도 너에게 수많은 다른 여우와 똑같은 한 마리 여우에 불과해. 하지만 네가 나를 길들인다면 난 너에게 이 세상에 오직 하나밖에 없는 친구가 될 거야……"

"이해할 수 있을 것 같아." 어린 왕자가 말했다. "꽃 한 송이가 있었는데…… 아마 그 꽃이 나를 길들인 것 같아……"

"그럴 수 있지. 지구에는 온갖 일들이 일어나니까……"
여우가 말했다.

"아, 아니야! 그건 지구에서 일어난 일이 아니야." 어린
왕자가 말했다.

여우는 몹시 궁금한 듯 재빨리 물었다.

"다른 별 이야기야?"

"그래."

"그 별에도 사냥꾼들이 있어?"

"아니, 없어."

"이야! 재미있겠다. 그럼 닭은?"

"없어."

"이 세상에 완벽한 곳은 없나 보구나."

여우는 한숨을 내쉬며 처음 하던 이야기로 다시 말머리를 돌렸다.

"내 생활은 매우 단순해. 나는 닭을 사냥하고 사람들은 나를 사냥하지. 모든 닭들이 비슷하게 생겼듯이 사람들도 모두 비슷해. 그래서 난 재미가 없어. 하지만 네가 나를 길들인다면 내 생활은 달라질 거야. 나는 너의 발자국 소리를 알아듣게 될 거야. 다른 발자국 소리는 나에게 겁을 주겠지만 너의 발자국 소리는 나를 기쁘고 행복하게 해 줄 거야. 그리고 저길 봐! 저기 밀밭이 보이지? 난 빵을 먹지 않기 때문에 밀은 내겐 아무런 의미도 없어. 하지만 너는 금빛 머리카락을 가졌잖아. 그러니까 네가 나를 길들인다면 나는 밀밭 사이를 지나가는 바람소리도 사랑하게 될 거야……"

여우는 한참 동안 어린 왕자를 쳐다보더니,

"부탁이야…… 제발 나를 길들여 줘!"라고 말했다.

"그래. 나도 그러고 싶어." 어린 왕자는 대답했다. "하지만 난 시간이 없어. 친구도 찾아야 하고 알아볼 것도 많아."

"우린 우리가 길들이는 것만 알 수 있어." 여우가 말했

93
어린
왕
자

다. "사람들은 그게 무엇인지 자세히 알려고 하지 않아. 시간이 없거든. 가게에서 이미 만들어져 있는 것들만 사. 그런데 우정이나 친구를 파는 상점은 없으니까 사람들에게는 우정도 친구도 없어. 친구가 필요하면 나를 길들여 줘."

"어떻게 하면 되는데?' 어린 왕자가 물었다.

"인내심을 가지고 기다릴 줄 알아야 해." 여우가 말했다. "우선 나랑 떨어져서 앉아. 난 너를 흘낏흘낏 훔쳐 볼 거야. 넌 아무 말도 하지 말고 그냥 앉아 있어. 말이란 때때로 오해를 만들기도 하거든. 시간이 지나면 날마다 넌 조금씩 더 가까이 다가앉는 거야……"

다음 날 어린 왕자는 여우를 찾아갔다.

"항상 같은 시간에 오는 게 더 좋아." 여우가 말했다.

"예를 들어, 네가 오후 네 시에 온다면 난 세 시부터 행복해지기 시작할 거야. 시간이 갈수록 난 점점 더 행복해지겠지. 네 시가 다 되면 난 흥분해서 안절부절 못할 거야. 그러다가 우리가 만나면 넌 행복에 젖은 내 얼굴을 보게 될 거야. 그러나 네가 아무때나 온다면 난 몇 시에 널 맞을 준비를 해야 할 지 모르잖아. 그러니까 적당한 의식(儀式)

네가 네 시에 온다며 난 세 시부터 행복해지기 시작할 거야

이 필요해."

"의식이 뭔데?" 어린 왕자가 물었다.

"그것도 사람들이 자주 잊어버리는 것들 중 하나야."
여우가 말했다. "그것은 그날 하루를 다른 날들과 다르게
만들고, 어느 한 시간을 다른 시간들과 다르게 만들어 주
지. 예를 들면 내가 아는 사냥꾼들에게도 의식이 있어. 매
주 목요일이 되면 그들은 마을의 처녀들과 춤을 추지. 덕
분에 난 목요일이 되면 포도밭까지 산책도 하고, 하루를 즐
겁게 보내. 하지만 사냥꾼들이 아무 때나 춤을 춘다면, 난
하루도 마음 편하게 산책을 하지 못할 거야."

그렇게 해서 어린 왕자는 여우를 길들였다. 어린 왕자
가 떠날 시간이 되자 여우가 말했다.

"오! 눈물이 나올 것 같아."

"그건 네 잘못이야. 나는 네 마음을 아프게 하고 싶지
않았어. 그런데 네가 널 길들여 주길 원했잖아……" 어린
왕자가 말했다.

"그건 그렇지." 여우가 말했다.

"그런데도 넌 울려고 하잖아!" 어린 왕자가 말했다.

"그래, 정말 그래." 여우가 말했다.

"그러니 이게 다 무슨 소용이야?"

"그렇지 않아. 밀밭을 보면 난 너를 생각할 수 있어."

여우가 말했다.

그리고 잠시 후 여우는 다시 말을 했다.

"한번 더 장미꽃들을 보러 가렴. 그러면 너는 너의 장미꽃이 이 세상에서 오직 하나뿐이라는 것을 알게 될 거야. 그리고 내게 돌아와서 작별인사를 해줘. 그러면 내가 네게 선물로 비밀을 알려 줄게."

그리하여 어린 왕자는 장미꽃들을 찾아갔다.

"너희들은 내 꽃과 조금도 닮지 않았어." 어린 왕자는 말했다. "너희들은 아직은 아무것도 아니야. 아무도 너희를 길들이지 않았고 너희들 역시 아무도 길들이지 않았으니까. 너희들은 내가 처음 만났을 때의 내 여우와 같아. 그는 수많은 다른 여우들과 똑같은 보통 여우였어. 그러나 지금은 이 세상에 오직 하나뿐인 여우야. 내가 길들였으니까."

이 말을 들은 장미꽃들은 당황했다.

"너희들은 아름답지만 마음은 허전할 거야." 어린 왕자가 계속 말했다. "아무도 너희를 위해서 죽어주지 않을 테니까. 물론 내 꽃도 다른 사람에게는 너희와 똑같이 생긴 것으로 보이겠지. 하지만 그 꽃 한 송이가 내게는 너희들 모두보다도 더 소중해. 나는 그에게 물도 주고, 바람막이도 만들어 주었으며 유리덮개도 씌워 주었어. 또 쐐기벌레도 잡아 주었어(나중에 나비가 되라고 두세 마리는 남겨두었

97
·
어
린
왕
자

지). 꽃이 하는 불평의 소리나 자랑의 소리 심지어 침묵까지도 들어 주었어. 그 꽃은 내 꽃이니까 말이야."

그리고 어린 왕자는 여우에게로 돌아왔다.

"안녕." 어린 왕자가 말했다.

"안녕." 여우가 말했다.

"내 비밀은 별다른 게 없어. 무엇인가를 볼 때 아주 단순하게 오로지 마음으로만 보라는 거야. 가장 중요한 건 눈에 보이지 않거든."

"가장 중요한 건 눈에 보이지 않는다." 잊어버리지 않기 위해 어린 왕자가 중얼거렸다.

"너의 장미꽃을 그토록 소중하게 만드는 건 그 꽃을 위해 네가 많은 시간을 보냈기 때문이야."

"…… 내가 내 장미꽃을 위해 많은 시간을 보냈기 때문이야……" 다시 한번 어린 왕자는 여우의 말을 따라 했다.

"사람들은 그 사실을 잘 잊어버려." 여우가 말했다. "그러나 넌 그걸 절대로 잊으면 안 돼. 네가 길들인 것에 대해서는 언제까지나 책임을 가져야 된다는 말이야. 그러므로 넌 네 장미꽃에 책임이 있어……"

"나는 내 장미꽃에게 책임이 있어……" 잊어버리지 않기 위해 어린 왕자는 몇 번씩이나 중얼거리며 길을 떠났다.

22

"안녕하세요." 어린 왕자가 말했다.

"안녕." 철도의 전철수(철도의 분기점에서 전철의 차량을 다른 선로로 옮기는 일을 하는 철도 공무원)가 말했다.

"여기서 무엇을 하고 계세요?" 어린 왕자가 물었다.

"천여 명씩 되는 기차 손님들을 나누어 보내는 일을 하고 있단다. 그들을 싣고 가는 기차를 어느 때는 오른쪽으로, 어느 때는 왼쪽으로 보내는 거야." 전철수가 말했다.

그때 불을 환히 밝힌 급행 열차 한 대가 천둥 같은 소리를 내며 지나갔다.

"저 사람들은 많이 바쁜가 봐요. 뭘 찾고 있는 걸까요?" 어린 왕자가 물었다.

"저 기차를 운전하고 있는 기관사도 모른단다." 전철수가 말했다.

그때 불을 환하게 밝힌 두 번째 급행 열차가 반대 방향에서 천둥 같은 소리를 내며 달려왔다.

"조금 전의 그 사람들이 벌써 돌아오는 거예요?" 어린 왕자가 물었다.

"이 열차의 손님들은 아까 지나간 열차의 손님들이 아니야. 서로 다른 곳을 향해 가는 거지."

"사람들은 자기들이 사는 곳에 만족하지 않나 보죠?" 궁금해진 어린 왕자가 물었다.

"대부분의 사람들은 자기가 있는 곳에 만족하지 않는단다." 전철수가 말했다.

또 다시 불을 밝힌 세번째 급행 열차가 큰 소리를 내며 지나갔다.

"그럼, 저 사람들은 먼젓번 승객들을 쫓아가고 있는 거예요?" 어린 왕자가 물었다.

"아니, 그렇지 않아." 전철수가 말했다. "그들은 저 속에서 잠을 자거나 아니면 하품을 하고 있지. 오직 어린아이들만이 유리창에 이마를 대고 밖을 내다 보고 있을 뿐이야."

"어린아이들만이 자신이 무엇을 찾고 있는지 알고 있군요." 어린 왕자가 말했다. "어린아이들은 인형과 많은 시간을 보내요. 어린아이들에게 인형은 아주 중요한 것이 되는 거예요. 그래서 누군가 인형을 빼앗아 가면 어린아이들은 울잖아요……"

"그들은 운이 좋구나." 전철수가 말했다.

23

"안녕하세요." 어린 왕자가 말했다.

"그래, 안녕." 장사꾼이 말했다.

장사꾼은 갈증을 없애 주는 알약을 파는 사람이었다. 이 약은 일주일에 한 알씩만 먹으면 아무 것도 마시고 싶은 생각이 들지 않는다고 한다.

"왜 그런 약을 팔아요?" 어린 왕자가 말했다.

"왜냐하면 이 약은 많은 시간을 절약하게 해준다. 전문가들이 계산을 해 봤는데, 일주일에 무려 53분이나 절약하게 해 주는 거지." 장사꾼이 말했다.

"그 53분으로 무얼 하는 데요?"

"무엇이든 하고 싶은 걸 하지."

'만약 나에게 마음대로 사용할 53분이 있다면 나는 시원한 물이 있는 우물을 향해 천천히 걸어갈 텐데……' 하고 어린 왕자는 생각했다.

24

사막에서 비행기가 고장을 일으킨 지 여드레째 되는 날, 나는 가지고 있던 물의 마지막 남은 한 방울을 마시며 장사꾼에 대한 이야기를 듣고는, "네 이야기는 참 재미있구나. 하지만 난 아직도 비행기를 못 고쳤고, 마실 물도 없으니 우물을 향해 한가롭게 갈 수만 있다면 정말 행복하겠다."라고 말했다.

"내 친구 여우는……" 어린 왕자가 말을 꺼냈다.

"꼬마 친구야. 지금은 여우 이야기나 할 때가 아니야!"

"왜요?"

"목이 말라 죽을지도 모르니까 말야……"

어린 왕자는 내 말을 이해하지 못하고 이렇게 말을 했다.

"죽어 간다 할지라도 친구를 가지고 있다는 건 좋은 일이에요. 난 여우가 내 친구였다는 게 정말 기뻐요."

'이 애는 위험이 어느 정도인지 전혀 모르는군' 하고

나는 생각했다. '이 애는 배고픔이나 갈증도 느끼지 않는데다가 햇빛만 조금 있으면 되는 것 같으니까……'

그런데 어린 왕자는 한동안 나를 바라보더니 내 마음을 읽은 것처럼 이렇게 말을 하였다.

"나도 목이 말라요. 우리 우물을 찾으러 가요……"

나는 맥이 탁 풀렸다. 이 넓은 사막 한가운데에서 무턱대고 우물을 찾아나선다는 건 바보같은 짓이기 때문이다. 그런데도 우리는 걷기 시작했다.

몇 시간 동안을 말없이 걷고 나니 어둠이 내리고 별들이 나타나기 시작했다. 나는 갈증때문에 열이 나고 있었으므로 그 별들이 마치 꿈속에서 보는 것처럼 느껴졌고, 어린 왕자의 말은 내 기억 속에서 춤을 추었다.

"너도 목이 마르구나?" 내가 물었다.

하지만 어린 왕자는 내 질문에 대답하지 않고 다만 이렇게 말했다.

"물은 마음에도 좋을 거야."

나는 그 말을 이해하지 못했지만 조용히 있었다. 그에게 질문해 보았자 대답을 들을 수 없다는 것을 나는 이미 알고 있었던 것이다.

지친 어린 왕자가 주저앉았다. 나도 그의 곁에 앉았다. 그러자 잠시 침묵을 지키던 어린 왕자가 입을 열었다.

"별들은 참 아름다워요. 왜냐하면 보이지 않는 곳에 꽃 한 송이가 있으니까……"

"그건 그래." 나는 대답을 하고 말없이 달빛 아래서 주름처럼 펼쳐져 있는 모래 둔덕들을 바라보았다.

"사막도 아름다워요." 어린 왕자가 다시 말했다.

그 말은 사실이다. 나는 언제나 사막을 좋아했다. 사막의 모래 둔덕 위에 앉으면 아무것도 보이지 않는다. 아무 소리도 들리지 않는다. 그러나 그 침묵 속에서도 무엇인가 빛나는 것이 있는 것이다.

"사막이 아름다운 것은, 어딘가에 우물을 감추고 있기 때문이에요." 어린 왕자가 말했다.

사막의 그 신비로운 빛남이 무엇인지를 깨달은 나는 깜짝놀랐다.

어린 시절 나는 아주 오래된 낡은 집에서 살았다. 그런데 전해 오는 이야기에 의하면 그 집에는 보물이 숨겨져 있다는 것이었다. 물론 그것을 발견한 사람은 아무도 없었고, 그것을 찾으려고 한 사람도 없었다. 그런데도 그 집은 그 보물 때문에 매력이 넘쳐 흘렀다. 왜냐하면 비밀을 간직하고 있었기 때문이다…….

"그래. 집이나 별, 혹은 사막이 그들을 아름답게 하는 건 눈에 보이지 않는 그 무엇 때문이야!" 내가 어린 왕자에게 말했다.

"아저씨가 나의 여우와 같은 생각을 가지고 있어서 기뻐요." 어린 왕자가 말했다.

어린 왕자가 잠이 들자 나는 그를 안고 다시 걷기 시작했다. 마치 부서지기 쉬운 어떤 보물을 안고 가는 것처럼 가슴이 설레었다. 창백한 이마, 살짝 감은 눈, 바람결에 나부끼는 머리카락을 내려다보며 나는 생각했다. '지금 내가 보는 건 껍데기야. 중요한 건 눈에 보이지 않아……'

어린 왕자의 입술이 보일듯 말듯 미소를 띠며 벌어지는 것을 보고 나는 또 생각했다. '잠을 자고 있는 이 애가 나를 이토록 감동시키는 것은 꽃 한 송이에 대한 이 애의 성실함 때문이야. 잠들어 있는 지금도 램프의 불꽃처럼 이 애의 마음속에서 빛나고 있는 한 송이 장미꽃 때문이야……' 이런 생각이 들자, 어린 왕자가 더욱 부서지기 쉬운 존재로 느껴지고 보호해 주고 싶어졌다.

이렇게 걸어가는 동안 날이 밝아 왔고, 우리는 우물을 발견했다.

25

"사람들은 급행 열차를 타고 다니지만 무엇을 찾고자 하는지 잘 몰라요. 그래서 갈팡질팡 하며 제자리에서 맴을 돌고 있어요." 어린 왕자가 말했다.

그리고는 다시 말을 하였다.

"그래 봐야 아무 소용도 없는데……"

우리가 도착한 우물은 사하라 사막의 우물과는 아주 달랐다. 사하라 사막의 우물은 그냥 모래에 파 놓은 구멍 같은 웅덩이였다. 하지만 우리가 발견한 우물은 사람이 사는 마을의 우물과 비슷했다. 그러나 그곳엔 마을은커녕 사람이라고는 한 명도 없었다. 나는 이게 꿈은 아닌가 생각이 되었다.

"이상하네." 내가 어린 왕자에게 말했다. "이 우물은 모든 게 갖추어져 있어. 도르래, 두레박, 밧줄……"

어린 왕자는 웃으며 밧줄을 잡고 도르래를 잡아 당겼다. 그러자 도르래는 오랫동안 잠을 자고 있던 낡은 풍차가 바람에 삐걱이듯 소리를 내며 움직였다.

"들리죠?" 어린 왕자가 말했다. "우리가 이 우물을 깨운 거예요. 지금 노래를 하잖아요."

나는 어린 왕자에게 힘든 일을 시키고 싶지 않았다.

"내가 할게." 내가 말했다. "너에겐 너무 힘이 들어."

나는 천천히 두레박을 끌어 올린 다음 그것이 쓰러지지 않도록 돌에 기대어 놓았다. 아직도 내 귀에는 도르래의 노랫소리가 들리고, 출렁이고 있는 물 속에서 햇살이 일렁이는 게 보인다.

"목이 말라요." 어린 왕자가 말했다. "물 좀 주세요."

나는 어린 왕자의 입술에 두레박을 대주었고, 어린 왕자는 눈을 감고 물을 마셨다. 그 물은 마치 축제때의 음식처럼 아주 맛있었다. 그것은 별빛 아래서 밤길을 걷고, 도르래의 노랫소리를 들으며 내 두 팔의 노력으로 얻은 것이기 때문이다. 그래서 이 물은 내가 어렸을 때 받았던 크리스마스 선물처럼 내 마음을 기쁘게 만들어 주었다.

"아저씨네 별의 사람들은 정원에 장미꽃을 5천 송이나 가꾸지만……" 어린 왕자가 말했다. "자기들이 무엇을 찾는지조차 모르고 있어요."

"그래. 그들은 찾지 못해." 내가 대답했다.

"하지만 그들이 찾는 것은 한 송이의 꽃이나 물 한 모

어린 왕자는 웃으며 줄을 잡고 도르래를 잡아 당겼다

금에서 찾을 수도 있는데……"

"그래, 그럴 수도 있지." 내가 대답했다.

그러자 어린 왕자가 덧붙였다.

"눈으로는 찾지 못해요. 마음으로 찾아야 해요."

물을 마시고 난 후에야 나는 숨을 편하게 쉴 수가 있었다. 해가 뜨자 모래는 벌꿀 같은 색으로 보였고, 그것을 본 나는 행복했다. 하지만 그 순간 아무런 이유도 없이 슬픈 생각이 들었다.

"아저씨, 꼭 약속을 지켜 줘야 해요." 어린 왕자가 내게 살며시 다가앉으며 말했다.

"어떤 약속?"

"약속했잖아요……. 양에게 씌워줄 입마개를 그려주기로. 난 내 꽃에 책임이 있어요."

나는 주머니에서 끄적거려 두었던 그림들을 꺼냈다. 어린 왕자는 그림들을 보고 웃으며 말했다.

"아저씨가 그린 바오밥 나무는 양배추처럼 생겼어요."

"뭐?"

바오밥 나무 그림에 대해서만은 아주 자신이 있었던 나는 기분이 나빠질려고 했다.

"여우는…… 귀가 마치 뿔 같아요. 게다가 너무 길고……"

어린 왕자는 또 웃었다.

"너무 심한데. 난 보아 뱀 밖에 그려본 적이 없다고 했잖아."

"괜찮아요. 아이들은 이해할 수 있으니까." 어린 왕자가 말했다.

나는 연필로 입마개를 그렸다. 그 입마개를 어린 왕자에게 건네주자 가슴이 찢어질 듯이 아팠다.

"넌 내가 모르는 어떤 계획을 가지고 있지?"

그러나 어린 왕자는 그 말에는 대답하지 않고 이렇게 말했다.

"내가 지구에 내려온 지…… 내일이면 꼭 1년이 돼요."

어린 왕자가 다시 말을 이었다.

"바로 이 근처였었는데……"

어린 왕자가 얼굴을 붉히자 나는 아무런 이유없이 슬퍼졌고, 한 가지 궁금증이 생겼다.

"그럼 일주일 전 나를 만나던 날 아침, 네가 이곳에 있었던 것은 우연이 아니었구나. 내려온 곳으로 되돌아가고 있던 것이었니?"

어린 왕자는 다시 얼굴을 붉혔다.

머뭇거리며 나는 말을 계속했다.

"1년이 다 되어서 그런 거였어?"

어린 왕자는 또 얼굴을 붉혔다. 그는 묻는 말에 결코 대답을 하진 않았지만 얼굴을 붉힌다는 것은 그렇다는 뜻이 아니겠는가?

"아! 겁이 나는구나……"

그러자 어린 왕자는 이렇게 대답을 하였다.

"아저씨는 이제 일을 해야 해요. 아저씨 비행기로 돌아가세요. 난 여기서 아저씨를 기다릴 게요. 내일 저녁에 이곳으로 돌아오세요……"

하지만 나는 불안해졌다. 문득 어린 왕자가 말한 여우가 생각이 났다. 자신을 길들여지게 하는 사람은 울 각오를 해야 한다는 것을……

26

우물 옆에는 오래전에 무너진 돌담이 있었다. 다음날 저녁, 일을 하고 돌아오니 어린 왕자는 그 위에 앉아서 다리를 대롱거리며 있었다. 그리고 이런 소리가 들려왔다.

"넌 기억을 못하는구나. 여기가 아니야!"

누군가 대답을 했는지 어린 왕자가 이렇게 말을 했다.

"그래, 그래! 오늘이 그 날이야. 하지만 장소는 여기가 아니야."

나는 돌담을 향해 걸어갔다. 보이는 것도 들리는 것도 없는데 어린 왕자는 다시 대꾸를 하고 있었다.

"······ 물론이지. 모래 위의 내 발자국이 어디서 시작되는지 잘 봐. 그 곳에서 날 기다리면 돼. 오늘밤 그 곳으로 갈게."

나는 돌담에서 20미터쯤 되는 거리에 있었는데 여전히 아무것도 눈에 보이지 않았다.

어린 왕자는 잠시 침묵을 지키다가 다시 말을 이었다.

이제 가 봐, 내려가고 싶어

"네 독은 좋은 거겠지? 날 오랫동안 아프게 하지 않을 자신이 있지?"

나는 가슴이 찢어질 것 같아 우뚝 멈춰섰다. 도통 무슨 이야기인지 알 수가 없었다.

"그럼 이제 가 봐. 내려가고 싶어!" 어린 왕자가 말했다.

그제서야 나는 돌담 밑을 내려다 보고 깜짝 놀라 허공으로 뛰어올랐다. 그곳에는 30초면 사람도 죽일 수 있는 노란 뱀 하나가 어린 왕자를 향해 몸을 꼿꼿이 세우고 있었던 것이다. 나는 총을 꺼내기 위해 호주머니를 뒤지며 뒷걸음질을 쳤다. 그러나 내 발자국 소리에 뱀은 모래 속으로 스르르 물줄기가 스며들 듯 미끄러져 들어가더니 사라졌다.

나는 돌담 밑으로 가서 돌담에서 내려오는 어린 왕자를 가슴에 안았다. 어린 왕자의 얼굴은 마치 눈처럼 새하얘져 있었다.

"이게 도대체 무슨 일이야? 왜 뱀하고 이야기를 하고 있었어?"

나는 어린 왕자가 밤낮없이 목에 두르고 있는 그 금빛 목도리를 느슨하게 풀어 주었다. 그리고는 관자놀이에 물을 적셔주고, 물을 마시게 했다. 그러나 더 이상 그에게 무

엇을 물어 볼 수도 없었다. 어린 왕자는 물끄러미 나를 쳐
다보더니 내 목에 두 팔을 감았다. 총에 맞아 죽어가는 새
처럼 그의 심장이 뛰는 것이 느껴졌다.

"아저씨가 비행기를 고치게 돼서 기뻐요. 이젠 집으로
돌아가게 되겠죠……"

"어떻게 그것을 알았지?"

비행기를 고쳤다는 것을 막 어린 왕자에게 알리려던 참
이었는데, 그가 알고 있자 나는 깜짝 놀라 물었다.

어린 왕자는 내 물음에는 아무런 대답도 하지 않고 이
렇게 말했다.

"나도 오늘 집으로 돌아갈 거예요."

그리고는 슬픈 듯이,

"그 곳은 훨씬 더 멀고…… 훨씬 더 힘들어……"

무엇인가 심상치 않은 일이 일어날 것이라는 것을 느낄
수 있었다. 나는 어린 왕자를 어린 아기처럼 품안에 꼬옥
껴안았다. 그런데도 어린 왕자는 붙잡을 사이도 없이 깊은
연못 속으로 빠져들어 가고 있는 것만 같았다.

어린 왕자의 모습은 마치 먼 곳에서 길을 잃은 사람과
같이 심각해 보였다.

"나에겐 아저씨가 준 양이 있어요. 그리고 그 양을 위
한 상자도 있고, 입마개도 있고……"

어린 왕자는 슬퍼보이는 미소를 지었다. 오랜 시간이 지나자 어린 왕자는 조금씩 정신을 차렸다.

"얘야, 무서웠니?"

분명히 어린 왕자는 무서워하고 있었다. 하지만 부드럽게 웃으며 말했다.

"오늘 저녁엔 더 무서울 거예요."

영영 돌이킬 수 없는 어떤 일이 일어나고 있다는 느낌에 나는 다시 한번 눈 앞이 캄캄해졌다. 그 웃음소리를 다시 들을 수 없게 되리라는 생각이 들자 견딜 수 없어졌다. 나에게 어린 왕자의 웃음소리는 사막의 우물 같은 것이었던 것이다.

"얘, 난 네 웃음소리를 다시 한번 듣고 싶어."

그러나 어린 왕자는 이렇게 말하였다.

"오늘밤이 완전한 1년이에요…… 내 별은 작년 내가 내려온 곳 바로 위쪽에 있게 될 거예요."

"얘, 그냥 한 소리가 아니었니?"

그러나 어린 왕자는 내 물음에 대답하지 않고 이렇게 말했다.

"중요한 건 눈에 보이지 않아요……"

"그래, 나도 알아."

"꽃도 마찬가지예요. 만약 아저씨가 별 위에 있는 꽃

한 송이를 사랑한다면 밤에 하늘을 바라본다는 것만으로도 행복할 거예요. 별들마다 모두 꽃이 필 테니까."

"그래, 그것도 알아."

"물도 마찬가지였어요. 아저씨가 내게 마시라고 준 물은 도르래와 밧줄 때문에 음악 같았어요. 기억하죠? 정말로 맛이 좋았어요."

"그래, 기억해."

"밤이 되면 별들을 바라보세요. 내 별은 너무 작아서 어디 있는지 지금은 알려 줄 수가 없지만, 그 편이 더 좋아요. 내 별은 아저씨에게 여러 별들 중 하나가 될 거예요. 그럼 아저씬 어느 별이든지 바라보는 게 즐겁게 될 테니까…… 그 별들은 모두 아저씨 친구가 되겠죠. 그리고 아저씨에게 내가 선물을 하나 할게요."

어린 왕자는 소리내어 웃었다.

"아, 어린 왕자, 나의 어린 왕자! 난 너의 웃음소리가 좋아!"

"그게 바로 내 선물이에요. 그리고 물도요."

"그게 무슨 말이야?"

"모든 사람들은 별을 가지고 있어요. 하지만 사람들에 따라 별들은 서로 다른 존재가 될 거예요. 여행하는 사람에게 별은 길잡이이지만, 어떤 사람들에게는 그저 조그만

빛일 뿐이고, 학자에게는 연구해야 할 대상이에요. 또한 내가 만난 사업가에게는 금이고요. 하지만 그런 별들은 말이 없어요. 아저씬 어느 누구도 갖지 못한 별을 가지게 될 거예요."

"그게 무슨 말인데?"

"그 별들 중의 하나에 내가 살고 있을 테니까요. 나는 그 별들 중의 하나에서 웃고 있을게요. 그러면 모든 별들이 아저씨에겐 웃고 있는 듯이 보일 거예요. 아저씬 웃을 줄 아는 별들을 가지게 되는 거예요. 그래서 아저씨의 슬픔이 가시면 (언제나 슬픔은 가시게 마련이니까) 나를 안 것을 기뻐하게 되겠죠? 아저씬 언제까지나 나의 친구예요. 가끔 나와 함께 웃고 싶어지면 창문을 열고 하늘을 쳐다보고 웃겠죠…… 그럼 아저씨 친구들은 깜짝 놀라겠죠? 그러면 그들에게 이렇게 말해 주세요. '난 별들을 보면 언제나 웃음이 나온단다.' 아저씨 친구들은 아저씨가 미쳤다고 생각하겠죠. 그럼 난 아저씨에게 못할 짓을 한 셈이 되나요?"

그리고 어린 왕자는 다시 웃었다.

"별들이 아니라 웃을 줄 아는 조그만 방울들을 내가 아저씨에게 많이 준 것과 같아요."

그리고 어린 왕자는 또 다시 웃었지만 금새 심각한 표

정을 지었다.

"오늘밤에는…… 따라오지 마세요."

"난 너를 보내고 싶지 않아."

"난 아픈 것처럼 보일 거예요…… 죽어 가는 것처럼 말이에요. 그런 걸 보여주고 싶지 않아요. 따라올 필요없어요."

"난 너를 내버려 둘 수가 없어."

어린 왕자는 걱정스러운 듯 말을 했다.

"내가 이런 말을 하는 건…… 뱀 때문이에요. 뱀이 아저씨를 물면 안 되잖아…… 뱀은 무서워요. 괜히 장난삼아 물기도 하거든요."

"그래도 난 네 곁을 떠나지 않을 거야."

무슨 생각을 했는지 어린 왕자의 얼굴이 편안해졌다.

"뱀이 두번째 물 때는 독이 없다는 게 진짜예요?"

그날밤 나는 어린 왕자가 길을 떠나는 걸 보지 못했다. 소리없이 사라져 버린 것이다. 뒤쫓아가서 그를 만났을 때 그는 빠른 걸음으로 주저없이 걸어가고 있었다. 어린 왕자는 다만 이렇게 말했다.

"아! 아저씨 왔어요……"

그리고는 내 손을 잡았다. 그러나 그는 아직도 걱정을 했다.

나무가 쓰러지듯 그냥 천천히 쓰러졌다.
모래 때문에 쓰러지는 소리조차 들리지 않았다.

"아저씨는 오면 안 돼요. 마치 내가 죽는 것처럼 보여 마음이 아플 테니까. 정말로 죽는 것은 아닌데……"

나는 아무 말도 하지 않았다.

"아저씬 이해하실 거예요. 내 몸은 갈 수가 없어요. 너무 무겁고 내 별은 너무 머니까요."

나는 아무 말도 하지 않았다.

"그러나 그건 벗어 버린 낡은 껍데기와 같을 거예요. 낡은 껍데기를 보고 슬퍼할 건 없잖아요……"

나는 아무 말도 하지 않았다.

어린 왕자는 풀이 죽은 듯이 보였다. 그러나 그는 다시 기운을 내려 애쓰고 있었다.

"좋은 일이에요. 나도 별들을 바라볼 거예요. 보이는 모든 별들은 녹슨 도르래가 있는 우물처럼 보일 거예요. 별들은 내게 마실 물을 만들어 주겠죠……"

나는 아무 말도 하지 않았다.

"참 재미있을 거예요! 아저씬 5억 개의 작은 방울들을 가지게 되고, 난 5억 개의 우물을 가지게 될 테니……"

그리고는 그도 역시 아무 말이 없었다. 울고 있었기 때문이다……

"저 곳이에요. 이제부터 나 혼자 갈게요."

그러더니 어린 왕자는 그 자리에 앉았다. 겁이 났기 때문이다.

어린 왕자가 다시 말했다.

"아저씨…… 내 꽃 말인데요…… 나는 그 꽃에 책임이 있어요! 더구나 그 꽃은 몹시 약하거든요! 아주 순진한데 다가 자기자신도 지킬 수 없는 네 개의 가시밖에 없고 요……"

나도 더 이상 서 있을 수가 없어서 주저앉았다. 어린 왕 자가 말했다.

"지금이에요…… 이게 전부예요……."

어린 왕자는 약간 망설이더니 일어섰다. 그리고 걸음을 내디뎠다. 나는 꼼짝도 할 수가 없었다.

그의 발목에서 노오란 한 줄기 빛이 반짝했을 뿐이었 다. 어린 왕자는 한순간 그대로 서 있었다. 그는 아무런 소 리도 내지 않았다. 그리고 나무가 쓰러지듯 그냥 천천히 쓰러졌다. 모래 때문에 쓰러지는 소리조차 들리지 않았다.

27

벌써 6년의 세월이 흘렀다…… 이 이야기를 나는 지금
까지 한 번도 하지 않았다. 나와 다시 만난 친구들은 내가
살아 돌아온 것을 매우 기뻐했다. 나는 슬펐지만 피곤해서
그렇게 보일 뿐이라고 그들에게 말했다. 이제 내 슬픔도
조금은 가라앉았다. 다시 말하면, 슬픔이 완전히 사라진 것
은 아니라는 말이다. 하지만 나는 어린 왕자가 그의 별로
돌아갔다는 걸 알고 있다. 다음 날 해가 떴을 때 그의 몸을
찾을 수 없었던 것이다. 그의 몸은 그리 무겁지 않았
다…… 밤이 되면 나는 별들의 소리를 듣기 좋아한다. 그
것들은 마치 5억 개의 작은 방울들 같다……

그런데 큰일이 났다. 어린 왕자에게 그려 준 입마개에
가죽 끈을 붙이는 걸 잊어버린 것이다! 어린 왕자는 그걸
양에게 씌울 수가 없을 것이다. 그래서 나는 '그의 별에서
무슨 일이 일어나고 있을까? 양이 꽃을 먹지나 않았을
까……' 등을 생각하곤 한다.

어느 때는 이런 생각도 한다. '천만에 먹지 않았을 거야! 어린 왕자가 그의 꽃을 밤새도록 유리덮개로 잘 덮어 놓았을 거야. 양도 잘 지킬 테고……' 라고 말이다. 그러면 나는 행복해진다. 모든 별들이 따라 웃는다.

어느 때는 '한 두번 잊어버릴 수도 있지. 그러면 끝장인데! 어느 날 밤 그가 유리덮개를 덮는 걸 잊는다거나, 양이 밤중에 소리없이 밖으로 나오면 어떻게 하지……' 하는 생각도 한다. 그러면 작은 방울들은 모두 눈물방울로 변해 버린다.

그것은 정말 커다란 수수께끼이다. 어린 왕자를 사랑하는 여러분이나 나에게는, 이 세상 어딘가에서 우리가 알지 못하는 양 한 마리가 장미 꽃 한 송이를 먹었느냐 먹지 않았느냐에 따라서 천지가 온통 뒤바뀌게 될 것이다.

하늘을 보라. 그리고 자신에게 물어보라. 과연 양이 그 꽃을 먹었을까? 아니면 먹지 않았을까? 그러면 거기에 따라 모든 게 변한다는 것을 여러분은 알게 될 것이다.

그런데 그것이 그렇게 중요하다는 걸 어른들은 아무도 이해하지 못할 것이다.

128

이곳은, 나에게 있어서 세상에서 가장 아름답고도 슬픈 곳입니다. 앞 페이지와 같은 곳이지만 여러분에게 잘 보여주기 위해 다시 한번 그린 것입니다. 어린 왕자가 지구에 나타났다가 다시 사라진 곳이 바로 여기인 것입니다.

이 그림을 자세히 보아 두었다가 여러분이 언젠가 아프리카 사막을 여행하게 된다면 이와 똑같은 곳을 꼭 알아볼 수 있게 되기를 바랍니다. 그리고 혹시 그리로 지나가게 되면, 발걸음을 서두르지 말고 잠깐 별빛 아래에서 기다려 보길 간곡히 부탁합니다! 그때 만약 한 어린아이가 여러분에게 다가오면, 그가 웃고 있고 머리카락이 금빛이면, 그리고 묻는 말에 대답을 하지 않으면 여러분은 그가 누구인지 알아챌 수 있을 것입니다. 그리고 내게 친절을 베풀어 주길 바랍니다. 내가 이렇게 계속 슬퍼하지 않도록 어린 왕자가 돌아왔다고 빨리 편지를 보내 주세요.

Le Petit Prince

Antone De Saint-Exupèry

To Leon Werth

I ask the indulgence of the children who may read this book for dedicating it to a grown-up. I have a serious reason; he is the best friend I have in the world. I have another reason; this grown-up understands everything, even books about children. I have a third reason; he lives in France where he is hungry and cold. He needs cheering up. If all these reasons are not enough, I will dedicate the book to the child from whom this grown-up grew. All grown-ups were once children-- although few of them remember it. And so I correct my dedication:

To Leon Werth
when he was a little boy

1

Once when I was six years old I saw a magnificent picture in a book, called True Stories from Nature, about the primeval forest. It was a picture of a boa constrictor in the act of swallowing an animal. Here is a copy of the drawing.

In the book it said: "Boa constrictors swallow their prey whole, without chewing it. After that they are not able to move, and they sleep through the six months that they need for digestion." I pondered deeply, then, over the adventures of the jungle. And after some work with a colored pencil I succeeded in making my first drawing. My Drawing Number One. It looked like this:

I showed my masterpiece to the grown-ups, and asked them whether the drawing frightened them.

But they answered: "Frighten? Why should any one be frightened by a hat?"

My drawing was not a picture of a hat. It was a picture of a boa constrictor digesting an elephant. But since the grown-ups were not able to understand it, I made another drawing: I drew the inside of the boa constrictor, so that the grown-ups could see it clearly. They always need to have things explained. My Drawing Number Two looked like this:

The grown-ups' response, this time, was to advise me to lay aside my drawings of boa constrictors, whether from the inside or the outside, and devote myself instead to geography, history, arithmetic and grammar. That is why, at the age of six, I gave up what might have been a magnificent career as a painter. I had been disheartened by the failure of my Drawing Number One and my Drawing Number Two. Grown-ups never understand anything by themselves, and it is tiresome for children to be always and forever explaining things to them.

So then I chose another profession, and learned to pilot airplanes. I have flown a little over all parts of the world; and it is true that geography has been very useful to me. At a glance I can distinguish China from Arizona. If one gets lost in the night, such knowledge is valuable.

In the course of this life I have had a great many encounters with a great many people who have been concerned with matters of consequence. I have lived a great deal among grown-ups. I have seen them intimately, close at hand. And that hasn't much improved my opinion of them.

Whenever I met one of them who seemed to me at all

clear-sighted, I tried the experiment of showing him my Drawing Number One, which I have always kept. I would try to find out, so, if this was a person of true understanding. But, whoever it was, he, or she, would always say: "That is a hat."

Then I would never talk to that person about boa constrictors, or primeval forests, or stars. I would bring myself down to his level. I would talk to him about bridge, and golf, and politics, and neckties. And the grown-up would be greatly pleased to have met such a sensible man.

2

So I lived my life alone, without anyone that I could really talk to, until I had an accident with my plane in the Desert of Sahara, six years ago. Something was broken in my engine. And as I had with me neither a mechanic nor any passengers, I set myself to attempt the difficult repairs all alone. It was a question of life or death for me: I had scarcely enough drinking water to last a week.

The first night, then, I went to sleep on the sand, a thousand miles from any human habitation. I was more isolated than a shipwrecked sailor on a raft in the middle of the ocean. Thus you can imagine my amazement, at sunrise, when I was awakened by an odd little voice. It said:

"If you please-- draw me a sheep!"

"What!"

"Draw me a sheep!"

I jumped to my feet, completely thunderstruck. I blinked my eyes hard. I looked carefully all around me. And I saw a most extraordinary small person, who stood there examining me with great seriousness. Here you may see the best portrait that, later, I was able to make of him. But my drawing is certainly very much less charming than its model.

That, however, is not my fault. The grown-ups discouraged me in my painter's career when I was six years old, and I never learned to draw anything, except boas from the outside and boas from the inside.

Now I stared at this sudden apparition with my eyes fairly starting out of my head in astonishment. Remember, I had crashed in the desert a thousand miles from any inhabited region. And yet my little man seemed neither to be straying uncertainly among the sands, nor to be fainting from fatigue or hunger or thirst or fear. Nothing about him gave any suggestion of a child lost in the middle of the desert, a thousand miles from any human habitation. When at last I was able to speak, I said to him:

"But-- what are you doing here?"

And in answer he repeated, very slowly, as if he were speaking of a matter of great cosequence:

"If you please-- draw me a sheep..."

When a mystery is too overpowering, one dare not disobey. Absurd as it might seem to me, a thousand miles from any human habitation and in danger of death, I took out of my pocket a sheet of paper and my fountain pen. But then I remembered how my studies had been concentrated on geography, history, arithmetic, and grammar, and I told the little chap (a little crossly, too) that I did not know how to draw. He answered me:

"That doesn't matter. Draw me a sheep..."

But I had never drawn a sheep. So I drew for him one of the two pictures I had drawn so often. It was that of the boa constrictor from the outside. And I was astounded to hear the little fellow greet it with,

"No, no, no! I do not want an elephant inside a boa constrictor. A boa constrictor is a very dangerous creature, and an elephant is very cumbersome. Where I live, everything is very small. What I need is a sheep. Draw me a sheep."

So then I made a drawing.

He looked at it carefully, then he said:

"No. This sheep is already very sickly. Make me another."

So I made another drawing.

My friend smiled gently and indulgently.

"You see yourself," he said, "that this is not a sheep. This is a ram. It has horns."

So then I did my drawing over once more.

But it was rejected too, just like the others.

"This one is too old. I want a sheep that will live a long time." By this time my patience was exhausted, because I was in a hurry to start taking my engine apart. So I tossed off this drawing.

And I threw out an explanation with it.

"This is only his box. The sheep you asked for is inside." I was very surprised to see a light break over the face of my young judge:

"That is exactly the way I wanted it! Do you think that this sheep will have to have a great deal of grass?"

"Why?"

"Because where I live everything is very small······"

"There will surely be enough grass for him," I said. "It is a very small sheep that I have given you."

He bent his head over the drawing:

"Not so small that-- Look! He has gone to sleep······"

And that is how I made the acquaintance of the little prince.

3

It took me a long time to learn where he came from. The little prince, who asked me so many questions, never seemed to hear the ones I asked him. It was from words dropped by chance that, little by little, everything was revealed to me.

The first time he saw my airplane, for instance (I shall not draw my airplane; that would be much too complicated for me), he asked me:

"What is that object?"

"That is not an object. It flies. It is an airplane. It is my airplane."

And I was proud to have him learn that I could fly.

He cried out, then:

"What! You dropped down from the sky?"

"Yes," I answered, modestly.

"Oh! That is funny!"

And the little prince broke into a lovely peal of laughter, which irritated me very much. I like my misfortunes to be taken seriously.

Then he added:

"So you, too, come from the sky! Which is your planet?" At that moment I caught a gleam of light in the impenetrable mystery of his presence; and I demanded, abruptly:

"Do you come from another planet?"

But he did not reply. He tossed his head gently, without taking his eyes from my plane:

"It is true that on that you can't have come from very far away..."

And he sank into a reverie, which lasted a long time. Then, taking my sheep out of his pocket, he buried himself in the contemplation of his treasure.

You can imagine how my curiosity was aroused by this half-confidence about the "other planets." I made a great effort, therefore, to find out more on this subject.

"My little man, where do you come from? What is this 'where I live,' of which you speak? Where do you want to take your sheep?"

어린

왕자

After a reflective silence he answered:

"The thing that is so good about the box you have given me is that at night he can use it as his house."

"That is so. And if you are good I will give you a string, too, so that you can tie him during the day, and a post to tie him to."

But the little prince seemed shocked by this offer:

"Tie him! What a queer idea!"

"But if you don't tie him," I said, "he will wander off somewhere, and get lost."

My friend broke into another peal of laughter:

"But where do you think he would go?"

"Anywhere. Straight ahead of him."

Then the little prince said, earnestly:

"That doesn't matter. Where I live, everything is so small!"

And, with perhaps a hint of sadness, he added:

"Straight ahead of him, nobody can go very far⋯⋯"

4

I had thus learned a second fact of great importance: this was that the planet the little prince came from was scarcely any larger than a house!

But that did not really surprise me much. I knew very well that in addition to the great planets-- such as the Earth, Jupiter, Mars, Venus-- to which we have given names, there are also hundreds of others, some of which are so small that one has a hard time seeing them through the telescope. When an astronomer discovers one of these he does not give it a name, but only a number. He might call it, for example, "Asteroid 325."

I have serious reason to believe that the planet from which the little prince came is the asteroid known as B-612.

This asteroid has only once been seen through the telescope. That was by a Turkish astronomer, in 1909.

On making his discovery, the astronomer had presented it to the International Astronomical Congress, in a great demonstration. But he was in Turkish costume, and so nobody would believe what he said.

Grown-ups are like that······

Fortunately, however, for the reputation of Asteroid B-612, a Turkish dictator made a law that his subjects, under pain of death, should change to European costume. So in 1920 the astronomer gave his demonstration all over again, dressed with impressive style and elegance. And this time everybody accepted his report.

If I have told you these details about the asteroid, and made a note of its number for you, it is on account of the grown-ups and their ways. Grown-ups love figures. When you tell them that you have made a new friend, they never ask you any questions about essential matters. They never say to you, "What does his voice sound like? What games does he love best? Does he collect butterflies?" Instead, they demand: "How old is he? How many brothers has he? How much does he weigh? How much money does his father make?" Only from these figures do they think they have learned anything about him.

If you were to say to the grown-ups:

"I saw a beautiful house made of rosy brick, with geraniums in the windows and doves on the roof," they would not be able to get any idea of that house at all. You would have to say to them: "I saw a house that cost $20,000." Then they would exclaim: "Oh, what a pretty house that is!"

Just so, you might say to them: "The proof that the little prince existed is that he was charming, that he laughed, and that he was looking for a sheep. If anybody wants a sheep, that is a proof that he exists." And what good would it do to tell them that? They would shrug their shoulders, and treat you like a child. But if you said to them: "The planet he came from is Asteroid B-612," then they would be convinced, and leave you in peace from their questions.

They are like that. One must not hold it against them. Children should always show great forbearance toward grown-up people.

But certainly, for us who understand life, figures are a matter of indifference. I should have liked to begin this story in the fashion of the fairy-tales. I should have like to say: "Once upon a time there was a little prince who lived on a planet that was scarcely any bigger than himself, and who had need of a sheep..."

To those who understand life, that would have given a much greater air of truth to my story.

For I do not want anyone to read my book carelessly. I have suffered too much grief in setting down these memories. Six years have already passed since my friend went away from me, with his sheep. If I try to describe him here, it is to make sure that I shall not forget him. To forget a friend is sad. Not every one has had a friend. And if I forget him, I may become like the grown-ups who are no longer interested in anything but figures······

It is for that purpose, again, that I have bought a box of paints and some pencils. It is hard to take up drawing again at my age, when I have never made any pictures except those of the boa constrictor from the outside and the boa constrictor from the inside, since I was six. I shall certainly try to make my portraits as true to life as possible. But I am not at all sure of success. One drawing goes along all right, and another has no resemblance to its subject. I make some errors, too, in the littl e prince's height: in one place he is too tall and in another too short. And I feel some doubts about the color of his costume. So I fumble along as best I can, now good, now bad, and I hope generally fair-to-middling.

In certain more important details I shall make mistakes, also. But that is something that will not be my fault. My friend never explained anything to me. He thought, perhaps, that I was like himself. But I, alas, do not know how to see sheep through the walls of boxes. Perhaps I am a little like the grown-ups. I have had to grow old.

5

As each day passed I would learn, in our talk, something about the little prince's planet, his departure from it, his journey. The information would come very slowly, as it might chance to fall from his thoughts. It was in this way that I heard, on the third day, about the catastrophe of the baobabs.

This time, once more, I had the sheep to thank for it. For the little prince asked me abruptly-- as if seized by a grave doubt-- "It is true, isn't it, that sheep eat little bushes?"

"Yes, that is true."

"Ah! I am glad!"

I did not understand why it was so important that sheep should eat little bushes. But the little prince added:

"Then it follows that they also eat baobabs?"

I pointed out to the little prince that baobabs were not little bushes, but, on the contrary, trees as big as castles; and that even if he took a whole herd of elephants away with him, the herd would not eat up one single baobab.

The idea of the herd of elephants made the little prince laugh.

"We would have to put them one on top of the other," he said.

But he made a wise comment:

"Before they grow so big, the baobabs start out by being little."

"That is strictly correct," I said. "But why do you want the sheep to eat the little baobabs?" He answered me at once, "Oh, come, come!", as if he were speaking of something that was self-evident. And I was obliged to make a great mental effort to solve this problem, without any assistance.

Indeed, as I learned, there were on the planet where the little prince lived-- as on all planets-- good plants and bad plants. In consequence, there were good seeds from good plants, and bad seeds from bad plants. But seeds are invisible. They sleep deep in the heart of the earth's darkness, until some one among them is seized with the desire to awaken. Then this little seed will stretch itself and begin-- timidly at first-- to push a charming little sprig inoffensively upward toward the sun. If it is only a sprout of radish or the sprig of a rose-bush, one would let it grow wherever it might wish. But when it is a bad plant, one must destroy it as soon as possible, the very first instant that one recognizes it.

Now there were some terrible seeds on the planet that was the home of the little prince; and these were the seeds of the

147
·
어
린
왕
자

baobab. The soil of that planet was infested with them. A baobab is something you will never, never be able to get rid of if you attend to it too late. It spreads over the entire planet. It bores clear through it with its roots. And if the planet is too small, and the baobabs are too many, they split it in pieces······

"It is a question of discipline," the little prince said to me later on. "When you've finished your own toilet in the morning, then it is time to attend to the toilet of your planet, just so, with the greatest care. You must see to it that you pull up regularly all the baobabs, at the very first moment when they can be distinguished from the rose-bushes which they resemble so closely in their earliest youth. It is very tedious work," the little prince added, "but very easy."

And one day he said to me: "You ought to make a beautiful drawing, so that the children where you live can see exactly how all this is. That would be very useful to them if they were to travel some day. Sometimes," he added, "there is no harm in putting off a piece of work until another day. But when it is a matter of baobabs, that always means a catastrophe. I knew a planet that was inhabited by a lazy man. He neglected three little bushes······"

So, as the little prince described it to me, I have made a drawing of that planet. I do not much like to take the tone of

a moralist. But the danger of the baobabs is so little under-
stood, and such considerable risks would be run by anyone
who might get lost on an asteroid, that for once I am breaking
through my reserve. "Children," I say plainly, "watch out for
the baobabs!"

My friends, like myself, have been skirting this danger for a
long time, without ever knowing it; and so it is for them that I
have worked so hard over this drawing. The lesson which I
pass on by this means is worth all the trouble it has cost me.

Perhaps you will ask me, "Why are there no other drawing
in this book as magnificent and impressive as this drawing of
the baobabs?"

The reply is simple. I have tried. But with the others I have
not been successful. When I made the drawing of the baobabs
I was carried beyond myself by the inspiring force of urgent
necessity.

6

Oh, little prince! Bit by bit I came to understand the secrets
of your sad little life······ For a long time you had found your
only entertainment in the quiet pleasure of looking at the sun-
set. I learned that new detail on the morning of the fourth
day, when you said to me:

"I am very fond of sunsets. Come, let us go look at a sunset now."

"But we must wait," I said.

"Wait? For what?"

"For the sunset. We must wait until it is time."

At first you seemed to be very much surprised. And then you laughed to yourself. You said to me:

"I am always thinking that I am at home!"

Just so. Everybody knows that when it is noon in the United States the sun is setting over France.

If you could fly to France in one minute, you could go straight into the sunset, right from noon. Unfortunately, France is too far away for that. But on your tiny planet, my little prince, all you need do is move your chair a few steps. You can see the day end and the twilight falling whenever you like······

150

"One day," you said to me, "I saw the sunset forty-four times!"

And a little later you added:

"You know-- one loves the sunset, when one is so sad······" "Were you so sad, then?" I asked, "on the day of the forty-four sunsets?"

But the little prince made no reply.

7

On the fifth day-- again, as always, it was thanks to the sheep-- the secret of the little prince's life was revealed to me. Abruptly, without anything to lead up to it, and as if the question had been born of long and silent meditation on his problem, he demanded:

"A sheep-- if it eats little bushes, does it eat flowers, too?"

"A sheep," I answered, "eats anything it finds in its reach."

"Even flowers that have thorns?"

"Yes, even flowers that have thorns."

"Then the thorns-- what use are they?"

I did not know. At that moment I was very busy trying to unscrew a bolt that had got stuck in my engine. I was very much worried, for it was becoming clear to me that the breakdown of my plane was extremely serious. And I had so little drinking water left that I had to fear for the worst.

"The thorns-- what use are they?"

The little prince never let go of a question, once he had asked it. As for me, I was upset over that bolt. And I answered with the first thing that came into my head:

"The thorns are of no use at all. Flowers have thorns just for spite!"

"Oh!"

There was a moment of complete silence. Then the little prince flashed back at me, with a kind of resentfulness:

"I don't believe you! Flowers are weak creatures. They are naive. They reassure themselves as best they can. They believe that their thorns are terrible weapons·····"

I did not answer. At that instant I was saying to myself: "If this bolt still won't turn, I am going to knock it out with the hammer." Again the little prince disturbed my thoughts:

"And you actually believe that the flowers--"

"Oh, no!" I cried. "No, no no! I don't believe anything. I answered you with the first thing that came into my head. Don't you see-- I am very busy with matters of consequence!"

He stared at me, thunderstruck.

"Matters of consequence!"

He looked at me there, with my hammer in my hand, my fingers black with engine-grease, bending down over an object which seemed to him extremely ugly······

"You talk just like the grown-ups!"

That made me a little ashamed. But he went on, relentless-ly:

"You mix everything up together······ You confuse every-thing······"

He was really very angry. He tossed his golden curls in the breeze.

"I know a planet where there is a certain red-faced gentleman. He has never smelled a flower. He has never looked at a star. He has never loved any one. He has never done anything in his life but add up figures. And all day he says over and over, just like you: 'I am busy with matters of consequence!' And that makes him swell up with pride. But he is not a man-- he is a mushroom!"

"A what?"

"A mushroom!"

The little prince was now white with rage.

"The flowers have been growing thorns for millions of years. For millions of years the sheep have been eating them just the same. And is it not a matter of consequence to try to understand why the flowers go to so much trouble to grow thorns which are never of any use to them? Is the warfare between the sheep and the flowers not important? Is this not of more consequence than a fat red-faced gentleman's sums? And if I know-- I, myself-- one flower which is unique in the world, which grows nowhere but on my planet, but which one little sheep can destroy in a single bite some morning, without even noticing what he is doing-- Oh! You think that is not important!"

His face turned from white to red as he continued:

"If someone loves a flower, of which just one single blossom grows in all the millions and millions of stars, it is enough to make him happy just to look at the stars. He can say to himself: 'Somewhere, my flower is there......' But if the sheep eats the flower, in one moment all his stars will be darkened...... And you think that is not important!"

He could not say anything more. His words were choked by sobbing.

The night had fallen. I had let my tools drop from my hands. Of what moment now was my hammer, my bolt, or thirst, or death? On one star, one planet, my planet, the Earth, there was a little prince to be comforted. I took him in my arms, and rocked him. I said to him:

"The flower that you love is not in danger. I will draw you a muzzle for your sheep. I will draw you a railing to put around your flower. I will--"

I did not know what to say to him. I felt awkward and blundering. I did not know how I could reach him, where I could overtake him and go on hand in hand with him once more.

It is such a secret place, the land of tears.

8

I soon learned to know this flower better. On the little prince's planet the flowers had always been very simple. They had only one ring of petals; they took up no room at all; they were a trouble to nobody. One morning they would appear in the grass, and by night they would have faded peacefully away. But one day, from a seed blown from no one knew where, a new flower had come up; and the little prince had watched very closely over this small sprout which was not like any other small sprouts on his planet. It might, you see, have been a new kind of baobab.

But the shrub soon stopped growing, and began to get ready to produce a flower. The little prince, who was present at the first appearance of a huge bud, felt at once that some sort of miraculous apparition must emerge from it. But the flower was not satisfied to complete the preparations for her beauty in the shelter of her green chamber. She chose her colors with the greatest care. She adjusted her petals one by one. She did not wish to go out into the world all rumpled, like the field poppies. It was only in the full radiance of her beauty that she wished to appear. Oh, yes! She was a coquettish creature! And her mysterious adornment lasted for days and days.

Then one morning, exactly at sunrise, she suddenly showed herself.

And, after working with all this painstaking precision, she yawned and said:

"Ah! I am scarcely awake. I beg that you will excuse me. My

petals are still all disarranged······"

But the little prince could not restrain his admiration:

"Oh! How beautiful you are!"

"Am I not?" the flower responded, sweetly. "And I was born at the same moment as the sun······"

The little prince could guess easily enough that she was not any too modest-- but how moving-- and exciting-- she was!

"I think it is time for breakfast," she added an instant later. "If you would have the kindness to think of my needs--"

And the little prince, completely abashed, went to look for a sprinkling-can of fresh water. So, he tended the flower.

So, too, she began very quickly to torment him with her vanity-- which was, if the truth be known, a little difficult to deal with. One day, for instance, when she was speaking of her four thorns, she said to the little prince:

"Let the tigers come with their claws!"

"There are no tigers on my planet," the little prince objected. "And, anyway, tigers do not eat weeds."

"I am not a weed," the flower replied, sweetly.

"Please excuse me······"

"I am not at all afraid of tigers," she went on, "but I have a horror of drafts. I suppose you wouldn't have a screen for me?"

"A horror of drafts-- that is bad luck, for a plant," remarked the little prince, and added to himself, "This flower is a very complex creature……"

"At night I want you to put me under a glass globe. It is very cold where you live. In the place I came from--"

But she interrupted herself at that point. She had come in the form of a seed. She could not have known anything of any other worlds. Embarrassed over having let herself be caught on the verge of such a naive untruth, she coughed two or three times, in order to put the little prince int the wrong.

"The screen?"

"I was just going to look for it when you spoke to me……"

Then she forced her cough a little more so that he should suffer from remorse just the same.

어린
왕자

So the little prince, in spite of all the good will that was inseparable from his love, had soon come to doubt her. He had taken seriously words which were without importance, and it made him very unhappy.

"I ought not to have listened to her," he confided to me one day. "One never ought to listen to the flowers. One should simply look at them and breathe their fragrance. Mine perfumed all my planet. But I did not know how to take pleasure in all her grace. This tale of claws, which disturbed me so much, should only have filled my heart with tenderness and pity."

And he continued his confidences:

"The fact is that I did not know how to understand anything! I ought to have judged by deeds and not by words. She cast her fragrance and her radiance over me. I ought never to have run away from her······ I ought to have guessed all the affection that lay behind her poor little stratagems. Flowers are so inconsistent! But I was too young to know how to love her······"

9

I believe that for his escape he took advantage of the migration of a flock of wild birds. On the morning of his departure he put his planet in perfect order. He carefully cleaned out his active volcanoes. He possessed two active volcanoes; and they were very convenient for heating his breakfast in the morning. He also had one volcano that was extinct. But, as he said, "One never knows!" So he cleaned out the extinct volcano, too. If they are well cleaned out, volcanoes burn slowly and steadily, without any eruptions. Volcanic eruptions are like fires in a chimney.

On our earth we are obviously much too small to clean out our volcanoes. That is why they bring no end of trouble upon us.

The little prince also pulled up, with a certain sense of dejection, the last little shoots of the baobabs. He believed that he would never want to return. But on this last morning all these familiar tasks seemed very precious to him. And when he watered the flower for the last time, and prepared to place her under the shelter of her glass globe, he realized that he was very close to tears.

"Goodbye," he said to the flower.

But she made no answer.

"Goodbye," he said again.

The flower coughed. But it was not because she had a cold.

"I have been silly," she said to him, at last. "I ask your forgiveness. Try to be happy······"

He was surprised by this absence of reproaches. He stood there all bewildered, the glass globe held arrested in mid-air. He did not understand this quiet sweetness.

"Of course I love you," the flower said to him. "It is my fault that you have not known it all the while. That is of no importance. But you-- you have been just as foolish as I. Try to be happy······ let the glass globe be. I don't want it any more."

"But the wind--"

"My cold is not so bad as all that······ the cool night air

will do me good. I am a flower."

"But the animals--"

"Well, I must endure the presence of two or three caterpillars if I wish to become acquainted with the butterflies. It seems that they are very beautiful. And if not the butterflies-- and the caterpillars-- who will call upon me? You will be far away······ as for the large animals-- I am not at all afraid of any of them. I have my claws."

And, naively, she showed her four thorns. Then she added:

"Don't linger like this. You have decided to go away. Now go!"

For she did not want him to see her crying. She was such a proud flower······

10

He found himself in the neighborhood of the asteroids 325, 326, 327, 328, 329, and 330. He began, therefore, by visiting them, in order to add to his knowledge.

The first of them was inhabited by a king. Clad in royal purple and ermine, he was seated upon a throne which was at the same time both simple and majestic.

"Ah! Here is a subject," exclaimed the king, when he saw the little prince coming.

And the little prince asked himself:

"How could he recognize me when he had never seen me before?"

He did not know how the world is simplified for kings. To them, all men are subjects.

"Approach, so that I may see you better," said the king, who felt consumingly proud of being at last a king over somebody.

The little prince looked everywhere to find a place to sit down; but the entire planet was crammed and obstructed by the king's magnificent ermine robe. So he remained standing upright, and, since he was tired, he yawned.

"It is contrary to etiquette to yawn in the presence of a king," the monarch said to him. "I forbid you to do so."

"I can't help it. I can't stop myself," replied the little prince, thoroughly embarrassed. "I have come on a long journey, and I have had no sleep······" "Ah, then," the king said. "I order you to yawn. It is years since I have seen anyone yawning. Yawns, to me, are objects of curiosity. Come, now! Yawn again! It is an order."

"That frightens me······ I cannot, any more······" murmured the little prince, now completely abashed.

"Hum! Hum!" replied the king. "Then I-- I order you sometimes to yawn and sometimes to--"

He sputtered a little, and seemed vexed.

For what the king fundamentally insisted upon was that his authority should be respected. He tolerated no disobedience. He was an absolute monarch. But, because he was a very good man, he made his orders reasonable.

"If I ordered a general," he would say, by way of example, "if I ordered a general to change himself into a sea bird, and if the general did not obey me, that would not be the fault of the general. It would be my fault."

"May I sit down?" came now a timid inquiry from the little prince.

"I order you to do so," the king answered him, and majestically gathered in a fold of his ermine mantle.

But the little prince was wondering······ The planet was tiny. Over what could this king really rule?

"Sire," he said to him, "I beg that you will excuse my asking you a question--"

"I order you to ask me a question," the king hastened to assure him.

"Sire-- over what do you rule?"

"Over everything," said the king, with magnificent simplicity.

"Over everything?"

The king made a gesture, which took in his planet, the

other planets, and all the stars.

"Over all that?" asked the little prince.

"Over all that," the king answered.

For his rule was not only absolute: it was also universal.

"And the stars obey you?"

"Certainly they do," the king said. "They obey instantly. I do not permit insubordination."

Such power was a thing for the little prince to marvel at. If he had been master of such complete authority, he would have been able to watch the sunset, not forty-four times in one day, but seventy-two, or even a hundred, or even two hundred times, with out ever having to move his chair. And because he felt a bit sad as he remembered his little planet which he had forsaken, he plucked up his courage to ask the king a favor:

"I should like to see a sunset······ do me that kindness······ Order the sun to set······"

"If I ordered a general to fly from one flower to another like a butterfly, or to write a tragic drama, or to change himself into a sea bird, and if the general did not carry out the order that he had received, which one of us would be in the wrong?" the king demanded. "The general, or myself?"

"You," said the little prince firmly.

"Exactly. One much require from each one the duty which

each one can perform," the king went on. "Accepted authority rests first of all on reason. If you ordered your people to go and throw themselves into the sea, they would rise up in revolution. I have the right to require obedience because my orders are reasonable."

"Then my sunset?" the little prince reminded him: for he never forgot a question once he had asked it.

"You shall have your sunset. I shall command it. But, according to my science of government, I shall wait until conditions are favorable."

"When will that be?" inquired the little prince.

"Hum! Hum!" replied the king; and before saying anything else he consulted a bulky almanac. "Hum! Hum! That will be about-- about-- that will be this evening about twenty minutes to eight. And you will see how well I am obeyed."

The little prince yawned. He was regretting his lost sunset. And then, too, he was already beginning to be a little bored.

"I have nothing more to do here," he said to the king. "So I shall set out on my way again."

"Do not go," said the king, who was very proud of having a subject. "Do not go. I will make you a Minister!"

"Minister of what?"

"Minster of-- of Justice!"

"But there is nobody here to judge!"

"We do not know that," the king said to him. "I have not yet made a complete tour of my kingdom. I am very old. There is no room here for a carriage. And it tires me to walk."

"Oh, but I have looked already!" said the little prince, turning around to give one more glance to the other side of the planet. On that side, as on this, there was nobody at all...

"Then you shall judge yourself," the king answered. "that is the most difficult thing of all. It is much more difficult to judge oneself than to judge others. If you succeed in judging yourself rightly, then you are indeed a man of true wisdom."

"Yes," said the little prince, "but I can judge myself anywhere. I do not need to live on this planet."

"Hum! Hum!" said the king. "I have good reason to believe that somewhere on my planet there is an old rat. I hear him at night. You can judge this old rat. From time to time you will condemn him to death. Thus his life will depend on your justice. But you will pardon him on each occasion; for he must be treated thriftily. He is the only one we have." "I," replied the little prince, "do not like to condemn anyone to death. And now I think I will go on my way." "No," said the king.

But the little prince, having now completed his preparations for departure, had no wish to grieve the old monarch.

"If Your Majesty wishes to be promptly obeyed," he said,

"he should be able to give me a reasonable order. He should be able, for example, to order me to be gone by the end of one minute. It seems to me that conditions are favorable..."

As the king made no answer, the little prince hesitated a moment. Then, with a sigh, he took his leave.

"I made you my Ambassador," the king called out, hastily.

He had a magnificent air of authority.

"The grown-ups are very strange," the little prince said to himself, as he continued on his journey.

11

The second planet was inhabited by a conceited man.

"Ah! Ah! I am about to receive a visit from an admirer!" he exclaimed from afar, when he first saw the little prince coming.

For, to conceited men, all other men are admirers.

"Good morning," said the little prince. "That is a queer hat you are wearing."

"It is a hat for salutes," the conceited man replied. "It is to raise in salute when people acclaim me. Unfortunately, nobody at all ever passes this way."

"Yes?" said the little prince, who did not understand what the conceited man was talking about.

"Clap your hands, one against the other," the conceited man now directed him.

The little prince clapped his hands. The conceited man raised his hat in a modest salute.

"This is more entertaining than the visit to the king," the little prince said to himself. And he began again to clap his hands, one against the other. The conceited man against raised his hat in salute.

After five minutes of this exercise the little prince grew tired of the game's monotony.

"And what should one do to make the hat come down?" he asked.

But the conceited man did not hear him. Conceited people never hear anything but praise.

"Do you really admire me very much?" he demanded of the little prince.

"What does that mean-- 'admire'?"

"To admire means that you regard me as the handsomest, the best-dressed, the richest, and the most intelligent man on this planet."

"But you are the only man on your planet!"

"Do me this kindness. Admire me just the same."

"I admire you," said the little prince, shrugging his shoulders slightly, "but what is there in that to interest you so

169

어
린
왕
자

much?"

And the little prince went away.

"The grown-ups are certainly very odd," he said to himself, as he continued on his journey.

12

The next planet was inhabited by a tippler. This was a very short visit, but it plunged the little prince into deep dejection.

"What are you doing there?" he said to the tippler, whom he found settled down in silence before a collection of empty bottles and also a collection of full bottles.

"I am drinking," replied the tippler, with a lugubrious air.

"Why are you drinking?" demanded the little prince.

"So that I may forget," replied the tippler.

"Forget what?" inquired the little prince, who already was sorry for him.

"Forget that I am ashamed," the tippler confessed, hanging his head.

"Ashamed of what?" insisted the little prince, who wanted to help him.

"Ashamed of drinking!" The tippler brought his speech to an end, and shut himself up in an impregnable silence.

And the little prince went away, puzzled.

"The grown-ups are certainly very, very odd," he said to himself, as he continued on his journey.

13

The fourth planet belonged to a businessman. This man was so much occupied that he did not even raise his head at the little prince's arrival.

"Good morning," the little prince said to him. "Your cigarette has gone out."

"Three and two make five. Five and seven make twelve. Twelve and three make fifteen. Good morning. Fifteen and seven make twenty-two. Twenty-two and six make twenty-eight. I haven't time to light it again. Twenty-six and five make thirty-one. Phew! Then that makes five-hundred-and-one-million, six-hundred-twenty-two-thousand, seven-hundred-thirty-one."

"Five hundred million what?" asked the little prince.

"Eh? Are you still there? Five-hundred-and-one million-- I can't stop······ I have so much to do! I am concerned with matters of consequence. I don't amuse myself with balderdash. Two and five make sevens······"

"Five-hundred-and-one million what?" repeated the little prince, who never in his life had let go of a question once he had asked it.

The businessman raised his head.

"During the fifty-four years that I have inhabited this plan-
et, I have been disturbed only three times. The first time was
twenty-two years ago, when some giddy goose fell from good-
ness knows where. He made the most frightful noise that
resounded all over the place, and I made four mistakes in my
addition. The second time, eleven years ago, I was dist]racted
by an attack of rheumatism. I don't get enough exercise. I
have no time for loafing. The third time-- well, this is it! I was
saying, then, five -hundred-and-one millions--"

"Millions of what?"

The businessman suddenly realized that there was no hope

of being left in peace until he answered this question.

"Millions of those little objects," he said, "which one
sometimes sees in the sky."

"Flies?"

"Oh, no. Little glittering objects."

"Bees?"

"Oh, no. Little golden objects that set lazy men to idle
dreaming. As for me, I am concerned with matters of conse-
quence. There is no time for idle dreaming in my life."

"Ah! You mean the stars?"

"Yes, that's it. The stars."

"And what do you do with five-hundred millions of stars?"

"Five-hundred-and-one million, six-hundred-twenty-two thousand, seven-hundred-thirty-one. I am concerned with matters of consequence: I am accurate."

"And what do you do with these stars?"

"What do I do with them?"

"Yes."

"Nothing. I own them."

"You own the stars?"

"Yes."

"But I have already seen a king who--"

"Kings do not own, they reign over. It is a very different matter."

"And what good does it do you to own the stars?"

"It does me the good of making me rich."

"And what good does it do you to be rich?"

"It makes it possible for me to buy more stars, if any are ever discovered."

"This man," the little prince said to himself, "reasons a little like my poor tipplert······"

Nevertheless, he still had some more questions.

"How is it possible for one to own the stars?"

"To whom do they belong?" the businessman retorted, peevishly.

"I don't know. To nobody."

"Then they belong to me, because I was the first person to think of it."

"Is that all that is necessary?"

"Certainly. When you find a diamond that belongs to nobody, it is yours. When you discover an island that belongs to nobody, it is yours. When you get an idea before any one else, you take out a patent on it: it is yours. So with me: I own the stars, because nobody else before me ever thought of owning them."

"Yes, that is true," said the little prince. "And what do you do with them?"

"I administer them," replied the businessman. "I count them and recount them. It is difficult. But I am a man who is naturally interested in matters of consequence."

The little prince was still not satisfied.

"If I owned a silk scarf," he said, "I could put it around my neck and take it away with me. If I owned a flower, I could pluck that flower and take it away with me. But you cannot pluck the stars from heaven······"

"No. But I can put them in the bank."

"Whatever does that mean?"

"That means that I write the number of my stars on a little paper. And then I put this paper in a drawer and lock it with a key."

"And that is all?"

"That is enough," said the businessman.

"It is entertaining," thought the little prince. "It is rather poetic. But it is of no great consequence."

On matters of consequence, the little prince had ideas which were very different from those of the grown-ups.

"I myself own a flower," he continued his conversation with the businessman, "which I water every day. I own three volcanoes, which I clean out every week(for I also clean out the one that is extinct; one never knows). It is of some use to my volcanoes, and it is of some use to my flower, that I own them. But you are of no use to the stars.······"

The businessman opened his mouth, but he found nothing to say in answer. And the little prince went away.

"The grown-ups are certainly altogether extraordinary," he said simply, talking to himself as he continued on his journey.

14

The fifth planet was very strange. It was the smallest of all. There was just enough room on it for a street lamp and a lamplighter. The little prince was not able to reach any explanation of the use of a street lamp and a lamplighter, somewhere in the heavens, on a planet which had no people, and not one house. But he said to himself, nevertheless:

"It may well be that this man is absurd. But he is not so absurd as the king, the conceited man, the businessman, and the tippler. For at least his work has some meaning. When he lights his street lamp, it is as if he brought one more star to life, or one flower. When he puts out his lamp, he sends the flower, or the star, to sleep. That is a beautiful occupation. And since it is beautiful, it is truly useful."

When he arrived on the planet he respectfully saluted the lamplighter.

"Good morning. Why have you just put out your lamp?"

"Those are the orders," replied the lamplighter. "Good

morning."

"What are the orders?"

"The orders are that I put out my lamp. Good evening."

And he lighted his lamp again.

"But why have you just lighted it again?"

"Those are the orders," replied the lamplighter.

"I do not understand," said the little prince.

"There is nothing to understand," said the lamplighter. "Orders are orders. Good morning."

And he put out his lamp.

Then he mopped his forehead with a handkerchief decorated with red squares.

"I follow a terrible profession. In the old days it was reasonable. I put the lamp out in the morning, and in the evening I lighted it again. I had the rest of the day for relaxation and the rest of the night for sleep."

"And the orders have been changed since that time?"

"The orders have not been changed," said the lamplighter. "That is the tragedy! From year to year the planet has turned more rapidly and the orders have not been changed!"

"Then what?" asked the little prince.

"Then-- the planet now makes a complete turn every minute, and I no longer have a single second for repose. Once every minute I have to light my lamp and put it out!"

"That is very funny! A day lasts only one minute, here where you live!"

"It is not funny at all!" said the lamplighter. "While we have been talking together a month has gone by."

"A month?"

"Yes, a month. Thirty minutes. Thirty days. Good evening."

And he lighted his lamp again.

As the little prince watched him, he felt that he loved this lamplighter who was so faithful to his orders. He remembered the sunsets which he himself had gone to seek, in other days, merely by pulling up his chair; and he wanted to help his friend.

"You know," he said, "I can tell you a way you can rest whenever you want to······"

"I always want to rest," said the lamplighter.

For it is possible for a man to be faithful and lazy at the same time.

The little prince went on with his explanation:

"Your planet is so small that three strides will take you all the way around it. To be always in the sunshine, you need only walk along rather slowly. When you want to rest, you will walk-- and the day will last as long as you like."

"That doesn't do me much good," said the lamplighter. "The one thing I love in life is to sleep."

"Then you're unlucky," said the little prince.

"I am unlucky," said the lamplighter. "Good morning."

And he put out his lamp.

"That man," said the little prince to himself, as he continued farther on his journey, "that man would be scorned by all the others: by the king, by the conceited man, by the tippler, by the businessman. Nevertheless he is the only one of them all who does not seem to me ridiculous. Perhaps that is because he is thinking of something else besides himself."

He breathed a sigh of regret, and said to himself, again:

"That man is the only one of them all whom I could have

made my friend. But his planet is indeed too small. There is no room on it for two people······"

What the little prince did not dare confess was that he was sorry most of all to leave this planet, because it was blest every day with 1440 sunsets!

15

The sixth planet was ten times larger than the last one. It was inhabited by an old gentleman who wrote voluminous books.

"Oh, look! Here is an explorer!" he exclaimed to himself when he saw the little prince coming.

The little prince sat down on the table and panted a little. He had already traveled so much and so far!

"Where do you come from?" the old gentleman said to him.

"What is that big book?" said the little prince. "What are you doing?"

"I am a geographer," the old gentleman said to him.

"What is a geographer?" asked the little prince.

"A geographer is a scholar who knows the location of all the seas, rivers, towns, mountains, and deserts."

"That is very interesting," said the little prince. "Here at last is a man who has a real profession!" And he cast a look around him at the planet of the geographer. It was the most magnificent and stately planet that he had ever seen.

"Your planet is very beautiful," he said. "Has it any oceans?"

"I couldn't tell you," said the geographer.

"Ah!" The little prince was disappointed. "Has it any mountains?"

"I couldn't tell you," said the geographer.

"And towns, and rivers, and deserts?"

"I couldn't tell you that, either."

"But you are a geographer!"

"Exactly," the geographer said. "But I am not an explorer. I haven't a single explorer on my planet. It is not the geographer who goes out to count the towns, the rivers, the mountains, the seas, the oceans, and the deserts. The geographer is much too important to go loafing about. He does not leave his desk. But he receives the explorers in his study. He asks them questions, and he notes down what they recall of their travels. And if the recollections of any one among them seem interesting to him, the geographer orders an inquiry into that explorer's moral character."

"Why is that?"

"Because an explorer who told lies would bring disaster on

the books of the geographer. So would an explorer who drank too much."

"Why is that?" asked the little prince.

"Because intoxicated men see double. Then the geographer would note down two mountains in a place where there was only one."

"I know some one," said the little prince, "who would make a bad explorer."

"That is possible. Then, when the moral character of the explorer is shown to be good, an inquiry is ordered into his discovery."

"One goes to see it?"

"No. That would be too complicated. But one requires the explorer to furnish proofs. For example, if the discovery in question is that of a large mountain, one requires that large stones be brought back from it."

The geographer was suddenly stirred to excitement.

"But you-- you come from far away! You are an explorer! You shall describe your planet to me!"

And, having opened his big register, the geographer sharpened his pencil. The recitals of explorers are put down first in pencil. One waits until the explorer has furnished proofs, before putting them down in ink.

"Well?" said the geographer expectantly.

"Oh, where I live," said the little prince, "it is not very interesting. It is all so small. I have three volcanoes. Two volcanoes are active and the other is extinct. But one never knows."

"One never knows," said the geographer.

"I have also a flower."

"We do not record flowers," said the geographer.

"Why is that? The flower is the most beautiful thing on my planet!"

"We do not record them," said the geographer, "because they are ephemeral."

"What does that mean-- 'ephemeral'?"

"Geographies," said the geographer, "are the books which, of all books, are most concerned with matters of consequence. They never become old-fashioned. It is very rarely that a mountain changes its position. It is very rarely that an ocean empties itself of its waters. We write of eternal things."

"But extinct volcanoes may come to life again," the little prince interrupted. "What does that mean-- 'ephemeral'?"

"Whether volcanoes are extinct or alive, it comes to the same thing for us," said the geographer. "The thing that matters to us is the mountain. It does not change."

"But what does that mean-- 'ephemeral'?" repeated the little prince, who never in his life had let go of a question, once he had asked it.

"It means, 'which is in danger of speedy disappearance.' "

"Is my flower in danger of speedy disappearance?"

"Certainly it is."

"My flower is ephemeral," the little prince said to himself, "and she has only four thorns to defend herself against the world. And I have left her on my planet, all alone!"

That was his first moment of regret. But he took courage once more.

"What place would you advise me to visit now?" he asked.

"The planet Earth," replied the geographer. "It has a good reputation."

And the little prince went away, thinking of his flower.

16

So then the seventh planet was the Earth.

The Earth is not just an ordinary planet! One can count, there 111 kings(not forgetting, to be sure, the Negro kings among them), 7000 geographers, 900,000 businessmen, 7,500,000 tipplers, 311,000,000 conceited men-- that is to say, about 2,000,000,000 grown-ups.

To give you an idea of the size of the Earth, I will tell you that before the invention of electricity it was necessary to maintain, over the whole of the six continents, a veritable army of 462,511 lamplighters for the street lamps.

Seen from a slight distance, that would make a splendid spectacle. The movements of this army would be regulated like those of the ballet in the opera. First would come the turn of the lamplighters of New Zealand and Australia. Having set their lamps alight, these would go off to sleep. Next, the lamplighters of China and Siberia would enter for their steps in the dance, and then they too would be waved back into the wings. After that would come the turn of the lamplighters of Russia and the Indies; then those of Africa and Europe; then those of South America; then those of North America. And never would they make a mistake in the order of their entry upon the stage. It would be magnificent.

Only the man who was in charge of the single lamp at the North Pole, and his colleague who was responsible for the single lamp at the South Pole-- only these two would live free from toil and care: they would be busy twice a year.

17

When one wishes to play the wit, he sometimes wanders a little from the truth. I have not been altogether honest in what I have told you about the lamplighters. And I realize that I run the risk of giving a false idea of our planet to those who do not know it. Men occupy a very small place upon the Earth. If the two billion inhabitants who people its surface were all to stand upright and somewhat crowded together, as they do for some big public assembly, they could easily be put into one public square twenty miles long and twenty miles wide. All humanity could be piled up on a small Pacific islet.

The grown-ups, to be sure, will not believe you when you tell them that. They imagine that they fill a great deal of space. They fancy themselves as important as the baobabs. You should advise them, then, to make their own calculations. They adore figures, and that will please them. But do not waste your time on this extra task. It is unnecessary. You have, I know, confidence in me.

When the little prince arrived on the Earth, he was very much surprised not to see any people. He was beginning to be afraid he had come to the wrong planet, when a coil of gold, the color of the moonlight, flashed across the sand.

"Good evening," said the little prince courteously.

"Good evening," said the snake.

"What planet is this on which I have come down?" asked the little prince.

"This is the Earth; this is Africa," the snake answered.

"Ah! Then there are no people on the Earth?"

"This is the desert. There are no people in the desert. The Earth is large," said the snake.

The little prince sat down on a stone, and raised his eyes toward the sky.

"I wonder," he said, "whether the stars are set alight in heaven so that one day each one of us may find his own again······ Look at my planet. It is right there above us. But how far away it is!"

"It is beautiful," the snake said. "What has brought you here?"

"I have been having some trouble with a flower," said the little prince.

"Ah!" said the snake.

And they were both silent.

"Where are the men?" the little prince at last took up the conversation again. "It is a little lonely in the desert······"

"It is also lonely among men," the snake said.

The little prince gazed at him for a long time.

"You are a funny animal," he said at last. "You are no thicker than a finger······"

"But I am more powerful than the finger of a king," said the snake.

The little prince smiled.

"You are not very powerful. You haven't even any feet. You

cannot even travel······"

"I can carry you farther than any ship could take you," said the snake.

He twined himself around the little prince's ankle, like a golden bracelet.

"Whomever I touch, I send back to the earth from whence he came," the snake spoke again. "But you are innocent and true, and you come from a star······"

The little prince made no reply.

"You move me to pity-- you are so weak on this Earth made of granite," the snake said. "I can help you, some day, if you grow too homesick for your own planet. I can--"

"Oh! I understand you very well," said the little prince. "But why do you always speak in riddles?"

"I solve them all," said the snake.

And they were both silent.

18

The little prince crossed the desert and met with only one flower. It was a flower with three petals, a flower of no account at all.

"Good morning," said the little prince.

"Good morning," said the flower.

"Where are the men?" the little prince asked, politely.

The flower had once seen a caravan passing.

"Men?" she echoed. "I think there are six or seven of them in existence. I saw them, several years ago. But one never knows where to find them. The wind blows them away. They have no roots, and that makes their life very difficult."

"Goodbye," said the little prince.

"Goodbye," said the flower.

19

After that, the little prince climbed a high mountain. The only mountains he had ever known were the three volcanoes, which came up to his knees. And he used the extinct volcano as a foot-stool. "From a mountain as high as this one," he said to himself, "I shall be able to see the whole planet at one glance, and all the people······"

But he saw nothing, save peaks of rock that were sharpened like needles.

"Good morning," he said courteously.

"Good morning--Good morning--Good morning," answered the echo.

"Who are you?" said the little prince.

"Who are you--Who are you--Who are you?" answered the

echo.

"Be my friends. I am all alone," he said.

"I am all alone--all alone--all alone," answered the echo.

"What a queer planet!" he thought. "It is altogether dry, and altogether pointed, and altogether harsh and forbidding. And the people have no imagination. They repeat whatever one says to them······ On my planet I had a flower; she always was the first to speak······"

20

But it happened that after walking for a long time through sand, and rocks, and snow, the little prince at last came upon a road. And all roads lead to the abodes of men.

"Good morning," he said.

He was standing before a garden, all abloom with roses.

"Good morning," said the roses.

The little prince gazed at them. They all looked like his flower.

"Who are you?" he demanded, thunderstruck.

"We are roses," the roses said.

And he was overcome with sadness. His flower had told him that she was the only one of her kind in all the universe. And here were five thousand of them, all alike, in one single garden!

"She would be very much annoyed," he said to himself, "if she should see that······ she would cough most dreadfully, and she would pretend that she was dying, to avoid being laughed at. And I should be obliged to pretend that I was nursing her back to life-- for if I did not do that, to humble myself also, she would really allow herself to die······"

Then he went on with his reflections: "I thought that I was rich, with a flower that was unique in all the world; and all I had was a common rose. A common rose, and three volcanoes that come up to my knees-- and one of them perhaps extinct forever······ that doesn't make me a very great prince······"

And he lay down in the grass and cried.

188

21

It was then that the fox appeared.

"Good morning," said the fox.

"Good morning," the little prince responded politely, although when he turned around he saw nothing.

"I am right here," the voice said, "under the apple tree."

"Who are you?" asked the little prince, and added, "You are very pretty to look at."

"I am a fox," said the fox.

"Come and play with me," proposed the little prince. "I am so unhappy."

"I cannot play with you," said the fox. "I am not tamed."

"Ah! Please excuse me," said the little prince.

But, after some thought, he added:

"What does that mean-- 'tame'?"

"You do not live here," said the fox. "What is it that you are looking for?"

"I am looking for men," said the little prince. "What does that mean-- 'tame'?"

"Men," said the fox. "They have guns, and they hunt. It is very disturbing. They also raise chickens. These are their only interests. Are you looking for chickens?"

"No," said the little prince. "I am looking for friends. What does that mean-- 'tame'?"

"It is an act too often neglected," said the fox. "It means to establish ties."

"'To establish ties'?"

"Just that," said the fox. "To me, you are still nothing more than a little boy who is just like a hundred thousand other little boys. And I have no need of you. And you, on your part, have no need of me. To you, I am nothing more than a fox like a hundred thousand other foxes. But if you tame me, then we shall need each other. To me, you will be unique in all the world. To you, I shall be unique in all the world······"

"I am beginning to understand," said the little prince. "There is a flower······ I think that she has tamed me······"

"It is possible," said the fox. "On the Earth one sees all sorts of things."

"Oh, but this is not on the Earth!" said the little prince.

The fox seemed perplexed, and very curious.

"On another planet?"

"Yes."

"Are there hunters on this planet?"

"No."

"Ah, that is interesting! Are there chickens?"

"No."

"Nothing is perfect," sighed the fox.

But he came back to his idea.

"My life is very monotonous," said the fox. "I hunt chickens; men hunt me. All the chickens are just alike, and all the men are just alike. And, in consequence, I am a little bored. But if you tame me, it will be as if the sun came to shine on my life. I shall know the sound of a step that will be different from all the others. Other steps send me hurrying back underneath the ground. Yours will call me, like music, out of my burrow. And then look: you see the grain fields down yonder? I do not eat bread. Wheat is of no use to me. The wheat fields have nothing to say to me. And that is sad. But you have hair that is the colour of gold. Think how wonderful that will be when you have tamed me! The grain, which is also golden, will bring me back the thought of you. And I shall love to listen to the wind in the wheat……"

The fox gazed at the little prince, for a long time.

"Please-- tame me!" he said.

"I want to, very much," the little prince replied. "But I have not much time. I have friends to discover, and a great many things to understand."

"One only understands the things that one tames," said the fox. "Men have no more time to understand anything. They buy things all ready made at the shops. But there is no shop anywhere where one can buy friendship, and so men have no friends any more. If you want a friend, tame me……"

"What must I do, to tame you?" asked the little prince.

"You must be very patient," replied the fox. "First you will sit down at a little distance from me-- like that-- in the grass. I shall look at you out of the corner of my eye, and you will say nothing. Words are the source of misunderstandings. But you will sit a little closer to me, every day……"

The next day the little prince came back.

"It would have been better to come back at the same hour," said the fox. "If, for example, you come at four o'clock in the afternoon, then at three o'clock I shall begin to be happy. I shall feel happier and happier as the hour advances. At four o'clock, I shall already be worrying and jumping about. I shall show you how happy I am! But if you come at just any time, I shall never know at what hour my heart is to be ready to greet you‥‥‥ One must observe the proper rites‥‥‥"

"What is a rite?" asked the little prince.

"Those also are actions too often neglected," said the fox. "They are what make one day different from other days, one hour from other hours. There is a rite, for example, among my hunters. Every Thursday they dance with the village girls. So Thursday is a wonderful day for me! I can take a walk as far as the vineyards. But if the hunters danced at just any time, every day would be like every other day, and I should never have any vacation at all."

So the little prince tamed the fox. And when the hour of his departure drew near--

"Ah," said the fox, "I shall cry."

"It is your own fault," said the little prince. "I never wished you any sort of harm; but you wanted me to tame you‥‥‥"

"Yes, that is so," said the fox.

"But now you are going to cry!" said the little prince.

"Yes, that is so," said the fox.

"Then it has done you no good at all!"

"It has done me good," said the fox, "because of the color of the wheat fields." And then he added:

"Go and look again at the roses. You will understand now that yours is unique in all the world. Then come back to say goodbye to me, and I will make you a present of a secret."

The little prince went away, to look again at the roses.

"You are not at all like my rose," he said. "As yet you are nothing. No one has tamed you, and you have tamed no one. You are like my fox when I first knew him. He was only a fox like a hundred thousand other foxes. But I have made him my friend, and now he is unique in all the world."

And the roses were very much embarrassed.

"You are beautiful, but you are empty," he went on. "One could not die for you. To be sure, an ordinary passerby would think that my rose looked just like you-- the rose that belongs to me. But in herself alone she is more important than all the hundreds of you other roses: because it is she that I have watered; because it is she that I have put under the glass globe; because it is she that I have sheltered behind the screen; because it is for her that I have killed the caterpillars (except the two or three that we saved to become butterflies); because it is she that I have listened to, when she grumbled, or boasted, or even sometimes when she said nothing.

Because she is my rose."

And he went back to meet the fox.

"Goodbye," he said.

"Goodbye," said the fox. "And now here is my secret, a very simple secret: It is only with the heart that one can see rightly; what is essential is invisible to the eye."

"What is essential is invisible to the eye," the little prince repeated, so that he would be sure to remember.

"It is the time you have devoted to your rose that makes your rose so important."

"It is the time I have devoted to my rose--" said the little prince, so that he would be sure to remember.

"Men have forgotten this truth," said the fox. "But you must not forget it. You become responsible, forever, for what you have tamed. You are responsible for your rose······"

"I am responsible for my rose," the little prince repeated, so that he would be sure to remember.

22

"Good morning," said the little prince.

"Good morning," said the railway switchman.

"What do you do here?" the little prince asked.

"I sort out travelers, in bundles of a thousand," said the

switchman. "I send off the trains that carry them: now to the right, now to the left."

And a brilliantly lighted express train shook the switchman's cabin as it rushed by with a roar like thunder.

"They are in a great hurry," said the little prince. "What are they looking for?"

"Not even the locomotive engineer knows that," said the switchman.

And a second brilliantly lighted express thundered by, in the opposite direction.

"Are they coming back already?" demanded the little prince.

"These are not the same ones," said the switchman. "It is an exchange."

"Were they not satisfied where they were?" asked the little prince.

"No one is ever satisfied where he is," said the switchman.

And they heard the roaring thunder of a third brilliantly lighted express.

"Are they pursuing the first travelers?" demanded the little prince.

"They are pursuing nothing at all," said the switchman. "They are asleep in there, or if they are not asleep they are yawning. Only the children are flattening their noses against

어
린

왕
자

the windowpanes."

"Only the children know what they are looking for," said the little prince. "They devote their time to a rag doll and it becomes very important to them; and if anybody takes it away from them, they cry……"

"They are lucky," the switchman said.

23

"Good morning," said the little prince.

"Good morning," said the merchant.

This was a merchant who sold pills that had been invented to quench thirst. You need only swallow one pill a week, and you would feel no need of anything to drink.

"Why are you selling those?" asked the little prince.

"Because they save a tremendous amount of time," said the merchant. "Computations have been made by experts. With these pills, you save fifty-three minutes in every week."

"And what do I do with those fifty-three minutes?"

"Anything you like……"

"As for me," said the little prince to himself, "if I had fifty-three minutes to spend as I liked, I should walk at my leisure toward a spring of fresh water."

24

It was now the eighth day since I had had my accident in the desert, and I had listened to the story of the merchant as I was drinking the last drop of my water supply.

"Ah," I said to the little prince, "these memories of yours are very charming; but I have not yet succeeded in repairing my plane; I have nothing more to drink; and I, too, should be very happy if I could walk at my leisure toward a spring of fresh water!"

"My friend the fox--" the little prince said to me.

"My dear little man, this is no longer a matter that has anything to do with the fox!"

"Why not?"

"Because I am about to die of thirst······"

He did not follow my reasoning, and he answered me:

"It is a good thing to have had a friend, even if one is about to die. I, for instance, am very glad to have had a fox as a friend······"

"He has no way of guessing the danger," I said to myself. "He has never been either hungry or thirsty. A little sunshine is all he needs······"

But he looked at me steadily, and replied to my thought:

"I am thirsty, too. Let us look for a well······"

I made a gesture of weariness. It is absurd to look for a well, at random, in the immensity of the desert. But nevertheless we started walking.

When we had trudged along for several hours, in silence, the darkness fell, and the stars began to come out. Thirst had made me a little feverish, and I looked at them as if I were in a dream. The little prince's last words came reeling back into my memory:

"Then you are thirsty, too?" I demanded.

But he did not reply to my question. He merely said to me:

"Water may also be good for the heart······"

I did not understand this answer, but I said nothing. I knew very well that it was impossible to cross-examine him.

He was tired. He sat down. I sat down beside him. And, after a little silence, he spoke again:

"The stars are beautiful, because of a flower that cannot be seen."

I replied, "Yes, that is so." And, without saying anything more, I looked across the ridges of sand that were stretched out before us in the moonlight.

"The desert is beautiful," the little prince added.

And that was true. I have always loved the desert. One sits down on a desert sand dune, sees nothing, hears nothing. Yet through the silence something throbs, and gleams······.

"What makes the desert beautiful," said the little prince, "is that somewhere it hides a well······"

I was astonished by a sudden understanding of that mysterious radiation of the sands. When I was a little boy I lived in an old house, and legend told us that a treasure was buried there. To be sure, no one had ever known how to find it; perhaps no one had ever even looked for it. But it cast an enchantment over that house. My home was hiding a secret in the depths of its heart······.

"Yes," I said to the little prince. "The house, the stars, the desert-- what gives them their beauty is something that is invisible!"

"I am glad," he said, "that you agree with my fox."

As the little prince dropped off to sleep, I took him in my arms and set out walking once more. I felt deeply moved, and stirred. It seemed to me that I was carrying a very fragile treasure. It seemed to me, even, that there was nothing more fragile on all Earth. In the moonlight I looked at his pale forehead, his closed eyes, his locks of hair that trembled in the wind, and I said to myself: "What I see here is nothing but a shell. What is most important is invisible······"

As his lips opened slightly with the suspicious of a half-smile, I said to myself, again: "What moves me so deeply, about this little prince who is sleeping here, is his loyalty to a

flower-- the image of a rose that shines through his whole being like the flame of a lamp, even when he is asleep······"
And I felt him to be more fragile still. I felt the need of protecting him, as if he himself were a flame that might be extinguished by a little puff of wind······.

And, as I walked on so, I found the well, at daybreak.

25

"Men," said the little prince, "set out on their way in express trains, but they do not know what they are looking for. Then they rush about, and get excited, and turn round and round······"

And he added:

"It is not worth the trouble······"

The well that we had come to was not like the wells of the Sahara. The wells of the Sahara are mere holes dug in the sand. This one was like a well in a village. But there was no village here, and I thought I must be dreaming······.

"It is strange," I said to the little prince. "Everything is ready for use: the pulley, the bucket, the rope······"

He laughed, touched the rope, and set the pulley to working. And the pulley moaned, like an old weather vane which the wind has long since forgotten.

"Do you hear?" said the little prince. "We have wakened the well, and it is singing······"

I did not want him to tire himself with the rope.

"Leave it to me," I said. "It is too heavy for you."

I hoisted the bucket slowly to the edge of the well and set it there-- happy, tired as I was, over my achievement. The song of the pulley was still in my ears, and I could see the sunlight shimmer in the still trembling water.

"I am thirsty for this water," said the little prince. "Give me some of it to drink······"

And I understood what he had been looking for.

I raised the bucket to his lips. He drank, his eyes closed. It was as sweet as some special festival treat. This water was indeed a different thing from ordinary nourishment. Its sweetness was born of the walk under the stars, the song of the pulley, the effort of my arms. It was good for the heart, like a present. When I was a little boy, the lights of the Christmas tree, the music of the Midnight Mass, the tenderness of smiling faces, used to make up, so, the radiance of the gifts I received.

"The men where you live," said the little prince, "raise five thousand roses in the same garden-- and they do not find in it what they are looking for."

"They do not find it," I replied.

"And yet what they are looking for could be found in one

single rose, or in a little water."

"Yes, that is true," I said.

And the little prince added:

" But the eyes are blind. One must look with the heart······"

I had drunk the water. I breathed easily. At sunrise the sand is the color of honey. And that honey color was making me happy, too. What brought me, then, this sense of grief?

"You must keep your promise," said the little prince, softly, as he sat down beside me once more.

"What promise?"

"You know-- a muzzle for my sheep······ I am responsible for this flower..."

I took my rough drafts of drawings out of my pocket. The little prince looked them over, and laughed as he said:

"Your baobabs-- they look a little like cabbages."

"Oh!"

I had been so proud of my baobabs!

"Your fox-- his ears look a little like horns; and they are too long."

And he laughed again.

"You are not fair, little prince," I said. "I don't know how to draw anything except boa constrictors from the outside and boa constrictors from the inside."

"Oh, that will be all right," he said, "children understand."

So then I made a pencil sketch of a muzzle. And as I gave it to him my heart was torn.

"You have plans that I do not know about," I said.

But he did not answer me. He said to me, instead:

"You know-- my descent to the earth······ Tomorrow will be its anniversary."

Then, after a silence, he went on:

"I came down very near here."

And he flushed.

And once again, without understanding why, I had a queer sense of sorrow. One question, however, occurred to me:

"Then it was not by chance that on the morning when I first met you-- a week ago-- you were strolling along like that, all alone, a thousand miles from any inhabited region? You were on the your back to the place where you landed?"

어린 왕자

The little prince flushed again.

And I added, with some hesitancy:

"Perhaps it was because of the anniversary?"

The little prince flushed once more. He never answered questions-- but when one flushes does that not mean "Yes"?

"Ah," I said to him, "I am a little frightened--"

But he interrupted me.

"Now you must work. You must return to your engine. I

will be waiting for you here. Come back tomorrow evening⋯⋯."

But I was not reassured. I remembered the fox. One runs the risk of weeping a little, if one lets himself be tamed⋯⋯.

26

Beside the well there was the ruin of an old stone wall. When I came back from my work, the next evening, I saw from some distance away my little price sitting on top of this wall, with his feet dangling. And I heard him say:

"Then you don't remember. This is not the exact spot."

Another voice must have answered him, for he replied to it:

"Yes, yes! It is the right day, but this is not the place."

I continued my walk toward the wall. At no time did I see or hear anyone. The little prince, however, replied once again:

"--Exactly. You will see where my track begins, in the sand. You have nothing to do but wait for me there. I shall be there tonight."

I was only twenty meters from the wall, and I still saw nothing.

After a silence the little prince spoke again:

"You have good poison? You are sure that it will not make me suffer too long?"

I stopped in my tracks, my heart torn asunder; but still I did not understand.

"Now go away," said the little prince. "I want to get down from the wall."

I dropped my eyes, then, to the foot of the wall-- and I leaped into the air. There before me, facing the little prince, was one of those yellow snakes that take just thirty seconds to bring your life to an end. Even as I was digging into my pocked to get out my revolver I made a running step back. But, at the noise I made, the snake let himself flow easily across the sand like the dying spray of a fountain, and, in no apparent hurry, disappeared, with a light metallic sound, among the stones.

I reached the wall just in time to catch my little man in my arms; his face was white as snow.

"What does this mean?" I demanded. "Why are you talking with snakes?"

I had loosened the golden muffler that he always wore. I had moistened his temples, and had given him some water to drink. And now I did not dare ask him any more questions. He looked at me very gravely, and put his arms around my neck. I felt his heart beating like the heart of a dying bird, shot with someone's rifle······.

"I am glad that you have found what was the matter with

your engine," he said. "Now you can go back home--"

"How do you know about that?"

I was just coming to tell him that my work had been successful, beyond anything that I had dared to hope.

He made no answer to my question, but he added:

"I, too, am going back home today······"

Then, sadly--

"It is much farther······ it is much more difficult······"

I realized clearly that something extraordinary was happening. I was holding him close in my arms as if he were a little child; and yet it seemed to me that he was rushing headlong toward an abyss from which I could do nothing to restrain him······.

His look was very serious, like some one lost far away.

"I have your sheep. And I have the sheep's box. And I have the muzzle······"

And he gave me a sad smile.

I waited a long time. I could see that he was reviving little by little.

"Dear little man," I said to him, "you are afraid······"

He was afraid, there was no doubt about that. But he laughed lightly.

"I shall be much more afraid this evening······"

Once again I felt myself frozen by the sense of something

irreparable. And I knew that I could not bear the thought of never hearing that laughter any more. For me, it was like a spring of fresh water in the desert.

"Little man," I said, "I want to hear you laugh again."

But he said to me:

"Tonight, it will be a year······ my star, then, can be found right above the place where I came to the Earth, a year ago······"

"Little man," I said, "tell me that it is only a bad dream--this affair of the snake, and the meeting-place, and the star······"

But he did not answer my plea. He said to me, instead:

"The thing that is important is the thing that is not seen······"

"Yes, I know······"

"It is just as it is with the flower. If you love a flower that lives on a star, it is sweet to look at the sky at night. All the stars are abloom with flowers······"

"Yes, I know······"

"It is just as it is with the water. Because of the pulley, and the rope, what you gave me to drink was like music. You remember-- how good it was."

"Yes, I know······"

"And at night you will look up at the stars. Where I live

everything is so small that I cannot show you where my star is to be found. It is better, like that. My star will be just one of the stars, for you. And so you will love to watch all the stars in the heavens······ they will all be your friends. And, besides, I am going to make you a present······"

He laughed again.

"Ah, little prince, dear little prince! I love to hear that laughter!"

"That is my present. Just that. It will be as it was when we drank the water······"

"What are you trying to say?"

"All men have the stars," he answered, "but they are not the same things for different people. For some, who are travelers, the stars are guides. For others they are no more than little lights in the sky. For others, who are scholars, they are problems. For my businessman they were wealth. But all these stars are silent. You-- you alone-- will have the stars as no one else has them--"

"What are you trying to say?"

"In one of the stars I shall be living. In one of them I shall be laughing. And so it will be as if all the stars were laughing, when you look at the sky at night······ you-- only you-- will have stars that can laugh!"

And he laughed again.

"And when your sorrow is comforted(time soothes all sorrows) you will be content that you have known me. You will always be my friend. You will want to laugh with me. And you will sometimes open your window, so, for that pleasure······ and your friends will be properly astonished to see you laughing as you look up at the sky! Then you will say to them, 'Yes, the stars always make me laugh!' And they will think you are crazy. It will be a very shabby trick that I shall have played on you.······"

And he laughed again.

"It will be as if, in place of the stars, I had given you a great number of little bells that knew how to laugh······"

And he laughed again. Then he quickly became serious:

"Tonight-- you know······ Do not come," said the little prince.

"I shall not leave you," I said.

"I shall look as if I were suffering. I shall look a little as if I were dying. It is like that. Do not come to see that. It is not worth the trouble······"

"I shall not leave you."

But he was worried.

"I tell you-- it is also because of the snake. He must not bite you. Snakes-- they are malicious creatures. This one might bite you just for fun······"

"I shall not leave you."

But a thought came to reassure him:

"It is true that they have no more poison for a second bite."

That night I did not see him set out on his way. He got away from me without making a sound. When I succeeded in catching up with him he was walking along with a quick and resolute step. He said to me merely:

"Ah! You are there......"

And he took me by the hand. But he was still worrying.

"It was wrong of you to come. You will suffer. I shall look as if I were dead; and that will not be true......"

I said nothing.

"You understand...... it is too far. I can't carry this body with me. It is too heavy."

I said nothing.

"But it will be like an old abandoned shell. There is nothing sad about old shells......"

I said nothing.

He was a little discouraged. But he made one more effort:

"You know, it will be very nice. I, too, shall look at the stars. All the stars will be wells with a rusty pulley. All the stars will pour out fresh water for me to drink......"

I said nothing.

"That will be so amusing! You will have five hundred mil-
lion little bells, and I shall have five hundred million springs of
fresh water······"

And he too said nothing more, because he was crying······.

"Here it is. Let me go on by myself."

And he sat down, because he was afraid. Then he said,
again:

"You know-- my flower······ I am responsible for her. And
she is so weak! She is so naive! She has four thorns, of no use
at all, to protect herself against all the world······."

I too sat down, because I was not able to stand up any
longer.

"There now-- that is all······"

He still hesitated a little; then he got up. He took one step.
I could not move.

There was nothing there but a flash of yellow close to his
ankle. He remained motionless for an instant. He did not cry
out. He fell as gently as a tree falls. There was not even any
sound, because of the sand.

27

And now six years have already gone by······. I have never
yet told this story. The companions who met me on my return

were well content to see me alive. I was sad, but I told them: "I am tired."

Now my sorrow is comforted a little. That is to say-- not entirely. But I know that he did go back to his planet, because I did not find his body at daybreak. It was not such a heavy body······ and at night I love to listen to the stars. It is like five hundred million little bells······.

But there is one extraordinary thing······ when I drew the muzzle for the little prince, I forgot to add the leather strap to it. He will never have been able to fasten it on his sheep. So now I keep wondering: what is happening on his planet? Perhaps the sheep has eaten the flower······.

At one time I say to myself: "Surely not! The little prince shuts his flower under her glass globe every night, and he watches over his sheep very carefully······" Then I am happy. And there is sweetness in the laughter of all the stars.

But at another time I say to myself: "At some moment or other one is absent-minded, and that is enough! On some one evening he forgot the glass globe, or the sheep got out, without making any noise, in the night······" And then the little bells are changed to tears······.

Here, then, is a great mystery. For you who also love the little prince, and for me, nothing in the universe can be the same if somewhere, we do not know where, a sheep that we never saw has-- yes or no?-- eaten a rose⋯⋯.

Look up at the sky. Ask yourselves: is it yes or no? Has the sheep eaten the flower? And you will see how everything changes⋯⋯.

And no grown-up will ever understand that this is a matter of so much importance!

This is, to me, the loveliest and saddest landscape in the world. It is the same as that on the preceding page, but I have drawn it again to impress it on your memory. It is here that the little prince appeared on Earth, and disappeared.

Look at it carefully so that you will be sure to recognize it in case you travel some day to the African desert. And, if you should come upon this spot, please do not hurry on. Wait for a time, exactly under the star. Then, if a little man appears who laughs, who has golden hair and who refuses to answer questions, you will know who he is. If this should happen, please comfort me. Send me word that he has come back.

【생텍쥐페리 연보】

Antone De Saint-Exupèry(1900~1944)

1900년 6월 29일 프랑스 리옹에서 5남매 중 세째로 출생.

1917년 대학입학자격시험에 합격했으나, 같은 기숙사에서
　　　　생활하던 형의 갑작스런 죽음에 충격을 받고, 해군
　　　　사관학교에 응시하기 위해 고등학교로 돌아가서 공
　　　　부함.

1919년 해군사관학교 시험에 응시하던 중 구술시험에 통과
　　　　하지 못해 낙방함.

1919년 10월 파리 미술학교에 진학 건축과에서 15개월간
　　　　수학. 이 때의 경험 덕분으로 어린 왕자의 삽화를
　　　　직접 그림.

1920년 징병으로 공군 입대. 비행기 조종과 수리법 배움.

1921년 스트라스부르 제2전투기 비행연대에서 군복무.

1921년 6월 모로코의 카사블랑카에 파견. 민간조종사 훈련
　　　　받음.

1922년 군용기 조정 면허 취득.

1923년 루이스 드 빌모렝과 약혼.

전투조종사가 되려했으나 약혼녀와 가족들의 반대로 제대.

1924년 소레 자동차회사의 영업사원으로 입사했으나 18개월 동안 단 1대 밖에 팔지 못하고 퇴사한 뒤 여러 직장을 전전함.

1926년 라테고에르 항공회사(現 에어 프랑스) 입사.

1927년 툴루즈 - 카사블랑카 - 다카르 간의 정기우편비행에 종사. 당시 비행기 조종은 매우 위험한 직업이었기 때문에 약혼녀에게 파혼당함.

『남방 우편기(Courrier Sud)』 집필.

1929년 부에노스 아이레스에서 아르헨티나 우편항공회사에 근무.

1930년 친구이자 동료인 기요메가 안데스 산맥 횡단 비행 중 실종. 생텍쥐페리는 동료들과 5일 동안 수색작업을 하였지만 실패함. 2개월 후 우여곡절 끝에 살아 돌아옴. 이 때의 상황을 바탕으로 『야간비행(Vol de nuit)』 집필. 『남방 우편기』 발표.

1931년 콘수엘로 순신과 결혼.

1931년 2월 『야간비행』으로 페미나(Fémina) 상 수상.

1933년 프랑스로 돌아왔으나 가정형편이 어려워 다시 라테고에르 항공회사에 입사하여 시험비행사가 됨.

시험 비행 중 여러 차례 사고가 일어났으나 구사일
생으로 살아남.

1935년 파리 수아르 誌 특파원으로 소비에트 여행.

1939년 『인간의 대지(Terre des bommes)』 출판.

1940년 『성채(Citadelle)』 집필 시작.

12월, 미국으로 망명하기 위해 뉴욕으로 출발.

『전시조종사(Pilote de guerre)』 집필.

1942년 『전시조종사』 출판.

1943년 『어떤 볼모에게 보내는 편지(Ltter á un otage)』
『어린 왕자(Le Petit Prince)』 발표.

세계 제2차 대전이 발발하자 몇 차례의 입대와 예
편을를 하던 중 우즈라 본대에 편입됨.

5회만 출격한다는 조건으로 사르데냐 2-33대 정찰
비행단에 복귀.

1944년 7월 31일 자신의 작품인 『야간 비행』의 주인공처럼
정찰 비행 중 실종됨.